THE QUEEN OF CRIME
繁體中文版
20週年
紀念珍藏

帕克潘調查簿

著——阿嘉莎・克莉絲蒂

譯——張正

Parker Pyne Investigates

策畫者的話

通俗是一種功力

吳念真（導演、作家）

通俗是一種功力。絕對自覺的通俗更是一種絕對的功力。

這樣的話從我這種俗氣的人的嘴巴說出來，大概很多人要笑破褲底了。不過，笑完之後請容我稍稍申訴。這申訴說得或許會比較長一點，以及，通俗一點。

小時候身材很爛，各種遊戲競爭完全任人宰割，唯一隱遁逃避的方法是躲起來看書或聽大人瞎掰。那年頭窮鄉僻壤的小孩能看的書不多，小學二年級時最喜歡的是超大本的《文壇》，老師借的。看著看著，某天老師發現我的造句竟出現：「捧著：朝陽捧著一臉笑顏為群山剪綵」這樣亂七八糟的文字，就拒絕再讓我看那些超齡的東西了。

老師的書不給看，我開始抓大人的書看。一種是厚得跟磚塊一樣的日文書，對我來說那完全是天書，但插圖好看，經常有限制級的素描。另一種書是比較薄的，通常藏得很嚴密，只是裡面有太多專有名詞、重複的單字和毫無限制的標點，比如「啊啊啊」、「……！！！」

老讓我百思不解。有一天，充滿求知欲地詢問大人竟然換來一巴掌後，那種閱讀的機會和樂趣也隨著消失了。

所幸這些閱讀的失落感，很快從大人的龍門陣中重新得到養分。講到這裡，我似乎先得跟一個村中長輩游條春先生致敬，並願他在天之靈安息。

我所成長的礦區，幾乎全是為著黃金而從四面八方擁至的冒險型人物，每人幾乎都有一段異於常人的傳奇故事。這些故事當事人說來未必精采，但一透過游條春先生的嘴巴重現，有時連當事人都聽得忘我，甚至涕泗縱橫，彷彿聽的是別人的故事。

條春伯沒當過日本兵，可是他可以綜合一堆台籍日本兵的遭遇，一如連續劇般從入伍、受訓、逃亡荒島，面對同鄉同袍的死亡，並取下他們的骨骸寄望帶回故鄉，乃至骨骸過多搞不清哪是誰的等等，讓聽的人完全隨他的敘述或悲或笑，彷彿跟他一起打了一場太平洋戰爭。此外他也可以把新聞事件說得讓一個三、四年級的小孩，到現在仍記得當時腦中被觸動的畫面。例如當年瑠公圳分屍案的凶手做案之後帶著小孩到安東街吃麵（這讓我一直以為台北的安東街是條專門賣麵的街道），還有甘迺迪總統被暗殺、賈桂琳抱住她先生、安全人員跳上飛快的車子保護賈桂琳……當然，這記憶全來自條春伯的嘴巴而不是報紙。我的記憶全是畫面，有畫面，是因為條春伯說得精采，說得有如親臨他至死都還搞不清地理位置的達拉斯命案現場。

於是這小孩長大後無條件地相信：通俗是一種功力，絕對自覺的通俗更是一種絕對的功力。透過那樣自覺的通俗傳播，即使連大字都不識一個的人，都能得到和高階閱讀者一樣的感動、快樂、共鳴，和所謂的知識、文化自然順暢的接軌。也許就是因為這些活生生的例子，俗氣的自己始終相信：講理念容易講故事難，講人人皆懂、皆能入迷的故事更難，而能隨時把這樣的故事講個不停的人，絕對值得立碑立傳。

條春伯嚴格地說是有自覺的轉述者，至於創作者，我的心目中有兩個。一個是日本導演山田洋次，一個是推理小說家阿嘉莎．克莉絲蒂。

山田洋次創造了寅次郎這個集合所有男人優點跟缺點的角色，在以《男人真命苦》為名的系列下，總共完成百部左右的電影。它們的敘述風格、開頭、結尾的方法不變，唯一改變的是故事，是時代，是遍歷日本小鄉小鎮的場景。數十年來，看《男人真命苦》幾已成為日本人每年的一種儀式，一如新春的神社參拜。

數十年前訪問過山田導演，他說，當他發現電影已然有它被期待的性格時，電影已經不是導演自己的。他說：當所有人都感動於美人魚的歌聲時，你願意為了讓她擁有跟你一樣的腳，而讓她失去人間少有的嗓音嗎？

人間少有的嗓音與動人的歌聲，都來自山田導演絕對自覺的通俗創造。

再如阿嘉莎．克莉絲蒂，如果我們光拿出她說過的故事和聽過她故事的人口數字，就足以嚇死你。五十多年的寫作生涯，她總共寫出六十六本長篇推理小說，外加一百多篇短篇小說和劇本。其中有二十六本推理小說被改編，拍了四十多部電影和電視劇集。作品被翻譯成一百零三種文字的版本，銷量超過二十億本。

夠了。你還想知道什麼？知道二十億本的意義是什麼嗎？二十億本的意義是全世界平均三個人就有一個人讀過她的書，聽過她說的故事。

說來巧合，她和山田洋次一樣，創造出個性鮮明的固定主角（當然，前前後後她弄出來好幾個），然後由他（或是她）帶引我們走進一個犯罪現場，追尋真正的罪犯。

故事就這樣？沒錯，應該說這是通常的架構。那你要我看什麼？不急，真的不急，克莉絲蒂會慢慢冒出一堆足夠讓你疑惑、驚嚇、意外，甚至滿足你的想像力、考驗你的耐心和智商的事件來。

推理小說不都是這樣嗎？你說得沒錯，大部分是這樣，不一樣的是……對了，她像條春伯，像山田洋次，她真會說，而且她用文字說。

文字的敘述可以讓全世界幾代的人「聽」得過癮、「聽」個不停，除了聖經，也許就是克莉絲蒂。她不是神，但她真的夠神。

數十年前，台灣剛剛出現她的推理系列中譯本，那時是我結婚前，常有同齡的文藝青年來我租住的地方借宿，瞄到我在看克莉絲蒂，表情詭異地說：「啊？你在看三毛促銷的這個喔？」

我只記得他抓了一本進廁所，清晨四點多，他敲開我的房門說：「幹，我實在很討厭那個白羅……再拿一本來看看，我跟你說真的，要不是你的書，我真的很想把那個矮儸壓到馬桶吃屎！」

我知道他毀了，愛吃又假客氣，撐著尊嚴騙自己。克莉絲蒂再度優雅地撕破一個高貴的知識份子的假面具，她的手法簡單，那手法叫通俗，絕對自覺的通俗，無與倫比、無法招架的功力。

昔日的文藝青年如今跟我一樣，已然老去，但不時還會看到他寫一些充滿理念和使命感極重的文章，在報紙和雜誌上出現。我知道他要說什麼，只是常常疑惑他想跟誰說；同樣，我記得他說過什麼，但轉眼間忘記他說了什麼。但請原諒我，幾十年前那個晚上，他在我家看完的那兩本克莉絲蒂的小說內容，我可還記得清清楚楚。

也許有一天再遇到他的時候，我會問他之後是否還看過克莉絲蒂其他的書，如果沒有，我會跟他說，想讀要趁早，因為你會老、會來不及。至於白羅那個矮儸，大概永遠不會消失。哦，對了，還有一個叫瑪波，你說不定會來不及認識……

從他種視角到跨界嘗試的閱讀體驗

路那（推理評論家）

說到阿嘉莎．克莉絲蒂，即使是不太常閱讀推理小說的讀者，也很難不聯想到有個完美鬍子的偵探白羅、老小姐瑪波，又或者是她享譽國際的《東方快車謀殺案》、《一個都不留》等名著吧。

克莉絲蒂的廣受歡迎，還在於台灣近乎出版了她的全集。儘管台灣的出版能量相當驚人，但放眼國內外作家，有此殊榮者也在少數。這些作品中，除了廣受歡迎的系列作外，另有數量相對較少的獨立作品。這些作品或受累於知名度不高，或受累於缺乏讀者熟悉的偵探角色，而較少進入讀者的視野之中，然而，這不表示它們本身不值得一讀。

在這裡，我要先岔出去談一下柯南．道爾（Conan Doyle）與莫里斯．盧布朗（Maurice Leblanc）。這兩位除了同樣大受歡迎之外，他們其實也同受被角色綁架之苦——柯南．道爾一心想當個嚴肅作者，為此不惜「殺害」福爾摩斯，卻又在大眾壓力之下不得不讓他神奇地死而復生的事件，相信大家都耳熟能詳。然而，或許不是很多人知道，創造了亞森・羅蘋此一大受歡迎怪盜角色的盧布朗，最終也因羅蘋大受歡迎，且擅長易容的形象深植人心，導致他不得不將新偵探角色吉姆・巴內特（Jim Barnett）降級為羅蘋的分身。與道爾交好的克莉絲蒂，自然理解箇中艱辛，或許也因此早早意識到她不能再重蹈覆轍，是以她不僅致力於故事的創造，同樣致力於角色性格的劃分。但此事並非一蹴可幾。舉例而言，短篇小說〈情牽波倫沙〉的偵探，發表時由帕克・潘擔任偵探角色，稍後又更替為白羅一事，即讓人意識到帕克・潘與白羅之間的共性：相同的公務員退休身分、同樣與偵探小說家奧利薇夫人為好友，帕克・潘的祕書萊蒙小姐日後成為白羅的祕書等，種種線索都暗示著帕克・潘與白羅可能享有的共同根源。然而，是什麼讓帕克・潘沒有被白羅「吸收」，一如巴內特與羅蘋？閱讀《帕克潘調查簿》與收錄於《情牽波倫沙》的兩個短篇時，不妨仔細考察白羅與帕克・潘的不同之處。

除了角色外，故事情節的他種視角乃至於跨界嘗試，也是非系列作品的一大看點。《李斯特岱奇案》、《死亡之犬》、《殘光夜影》等短篇小說集中收錄的作品，有之後遭改頭換面的靈感之作，也有溢出推理小說規制，蔓延至靈異、恐怖、言情等領域之作。它們的開頭，與我們習慣的克莉絲蒂推理小說似無甚差異，然則在一個十字岔路的輕巧滑脫，卻足以造就全然不同的類型閱讀體驗。

同樣的體驗，在非系列長篇小說中亦可一見。不用系列角色，意味著不須遵守類型既定的規範，或受限於角色既有的設定，遂得以更加無拘無束的形式自在揮灑。眾所周知，克莉絲蒂絕非信奉范・達因（S. S. Van Dine）「故事中不能摻有戀愛成分」戒律的一人，相反地，她頗擅長於小說中加入情感元素。她筆下的系列偵探，無論白羅或瑪波，自身均不涉浪漫情感，而多以神仙教父／教母的姿態從旁協助，從而使小說中的推理情節與羅曼史主次分明，僅為點綴。但她筆下這些聰慧的男女，是否始終只能作為系列偵探的配角存在？對此，克莉絲蒂的回答是，許多時候，擺脫了神仙教父／教母的他們，會顯現出更令人矚目的風采。

另一方面，推理小說的大體布局，從謎團初現、偵查過程到真相大白，與羅曼史主角們從陌生到相知到決定是否相守，也自有其契合之處。是以，在克莉絲蒂的非系列作品中，有不少長篇故事均以處於曖昧狀態的男女作為偵查或敘事主體，如《西塔佛祕案》、《為什麼不找伊文斯？》、《死亡終有時》與《白馬酒館》等。其中的情感除了經典的兩情相悅外，亦存在著無私的奉獻，與狡獪的以情感作為武器等多種樣態。

克莉絲蒂同樣擅長以三角關係作為障眼法，從角色間的誤會到敘事手法的誤導等，在在能使讀者以為掌握了十之八九的關係圖，瞬間翻出別樣花色。《無盡的夜》保留了克莉絲蒂時常描繪的羅曼關係，卻撤去了推理小說的型態，改以令人聯想到達芬・杜莫里哀（Daphne du Maurier）的奇情（sensation）風格，確實令人耳目一新，難怪克莉絲蒂會將之選為十大最愛之七。而其自選最愛第八的《畸屋》，則巧妙地擺脫了傳統推理小說家族敘事中以惡意為基底的設定，別出心裁地講述了謀殺如何發生在一個充滿善意的家族之中。《畸屋》之「畸」，既源於同樣具備扼殺力量的善意，也源於天生之惡——克莉絲蒂對善與惡之觀點，由是鋪陳出了一個頗為耐人尋味的視角。

一般而言，以克莉絲蒂為首的黃金時期推理小說家的作品，不太會令人聯想到國際政治、社會情勢等，感覺起來就「硬邦邦」，一點也不「舒逸」（cozy）的事物。它應該是以鄉村、大飯店、（前）殖民地為核心，間或夾雜一兩句讀者也不甚在意的時局觀察以加固背景的狀態。但克莉絲蒂出生於一八九〇年，生平歷經奧匈帝國與俄羅斯帝國的崩潰、兩次世界大戰、經濟大恐慌等，樁樁件件都是近代歷史難以抹滅的大事件，她可能當真無動於衷嗎？是以，早在一九二七年，克莉絲蒂便以白羅為主角，寫出諜報小說《四大天王》，其後更塑造出湯米與陶品絲這對橫跨二次世界大戰的夫妻檔業餘情報員。然而這對歡喜鴛鴦的氛圍，或許終究難以展現克莉絲蒂對戰後國際形勢演變之思慮。職是之故，她持續創作鴛鴦神探的系列之餘，在他們力所未逮之處，再度啟用了非系列角色，《巴格達風雲》、《未知的旅途》、《法蘭克福機場怪客》均是此類作品，試圖傳遞她在《四大天王》中即已反覆論及的「幕後的力量」。

這個「幕後的力量」又是什麼呢？見識過帝國的崩潰，對於早年的克莉絲蒂來說，共產主義無疑是危險的。在她第二部出版品《隱身魔鬼》中，克莉絲蒂將幕後黑手設定為布爾什維克的信徒。然而，伴隨著一九二四年工黨政府首次執政，克莉絲蒂對相關思潮的憂慮似有緩和態勢，此後，她的小說中偶爾會出現被眾人視為嫌疑犯的左翼同情者最終卻得證清白的情節。

伴隨著二戰結束與冷戰的開啟，許多涉及諜報的故事紛紛以蘇俄作為陰謀主腦。但克莉絲蒂頗具深意地將《巴格達風雲》與《未知的旅途》背後的陰謀組織者拐了彎，不以冷戰雙方作為主使者，而是更廣泛地指向「無政府主義者」、「理想主義者」。這樣的觀點，在以新納粹為主軸的《法蘭克福機場怪客》中亦曾多次表述——但這不是說她就放棄了一些既存觀點。不意外地，赫伯特．馬庫色（Herbert Marcuse）、法蘭茲．法農（Frantz Fanon）這些思想家仍舊不討克莉絲蒂的喜歡。

克莉絲蒂對法農等人的抗拒，與她對大英帝國的忠誠，以及對中東（特別是埃及）的偏愛或許不無關聯。眾所周知，克莉絲蒂於一九三〇年結婚的第二任丈夫是考古學家，她因此與中東和考古結緣。當時，方於一九二二年在名義上脫離英國管治的埃及，是個年輕的新興國家，尚未能擺脫殖民宗主國的影響，克莉絲蒂對埃及乃至於中東的描繪，是以多半本於殖民者的視線而開展。她的背景與經驗，決定了她理解的視角。然則，這並不表示她無意了解該地的歷史淵源——以古埃及為背景的《死亡終有時》正是最好的例證。這部入選英國犯罪作家協會「史上百大犯罪小說」第八十三名的精采作品，向讀者講述的不只是一個關於謀殺的故事，更是千年前定居於此的埃及人究竟如何生活的故事。

在《巴格達風雲》中，有一段主角與主謀對峙時的敘述：「人命無關緊要……這是愛德華的信條。那個用瀝青黏補起來、三千年前的粗陶碗突然無來由地閃現在維多莉亞心頭。那些東西當然要緊。小小的日常用品、待養的家人、構築成一個住家的牆壁，還有一兩件被當作寶貝的財產。」顯而易見，對克莉絲蒂而言，考古文物的珍貴，不在於它們悠久歷史或蘊藏的知識，而在於當代人得以透過它們深刻感受過往人們的生活。正是這樣的感受，構築出對人與生命的尊重。這樣的尊重，正是克莉絲蒂推理小說的基石所在吧！

在娛樂之外，還有許許多多閱讀克莉絲蒂的方式，正如同在知名的偵探系列之外，仍存在著許許多多精采的非系列作品一般。你所看到的克莉絲蒂，又是什麼樣子呢？

獻詞

阿嘉莎・克莉絲蒂是世界讀者最眾，也最廣受喜愛的女作家。

身為克莉絲蒂的孫兒，我相信奶奶會非常樂見這次出版，

因為她極以自己作品中的趣味與娛樂為豪。

歡迎所有喜歡本系列的台灣新讀者參與這場饗宴！

——馬修・培察（Mathew Prichard）

帕克潘調查簿

目錄

01

中年太太的個案

Parker Pyne Investigates

裴金頓先生和太太吵了幾句，氣呼呼地戴上帽子，把門一甩，離家去趕八點四十五分的火車到市區上班。裴金頓太太依舊坐在早餐桌前。她的臉脹得通紅，緊咬著嘴唇，要不是最後憤怒取代了委屈，她老早就哭出來了。

「我不會再忍下去了，」裴金頓太太說，「我不會再忍下去了！」她繼續想了一會兒，又喃喃道：「那個放蕩女人，狡猾卑鄙的狐狸精！喬治怎麼會這麼傻呢？」

憤怒逐漸平息了，悲傷和委屈的感覺又湧上心頭。淚水湧入裴金頓太太的眼睛，順著她那已是中年的兩頰滾落。

「光說不練當然很容易，但我又能怎麼辦呢？」

忽然間她感到孤獨無助，徹頭徹尾的絕望。她慢慢拿起當天的報紙，又一次看到頭版上面的那則廣告。

人事廣告

你快樂嗎？如果答案是「不」，那麼請來里奇蒙街十七號，讓帕克．潘先生為你解憂。

「奇怪！」裴金頓太太自言自語，「真的太奇怪了。不管怎樣，去看看也無妨……」

這麼一來，在十一點時，略微緊張的裴金頓太太被引進帕克．潘先生的辦公室。

正如剛才所說的，裴金頓太太的確有點緊張，但也不知怎麼的，只要看到帕克．潘先生本人，就讓人覺得心裡舒服了不少。他身材高大，但稱不上胖；禿頭，卻頗有貴族氣息，一雙小眼睛透過厚厚的鏡片閃爍著光芒。

「請坐。」帕克・潘先生說，「你是看了我的廣告而來？」他充滿期待地加了一句。

「是的。」裴金頓太太回答，但並沒有說下去。

「而且你不快樂。」帕克・潘先生用一種就事論事的誠摯語調說，「很少有人是真正快樂的。如果你知道快樂的人少到什麼程度，你會大吃一驚。」

「是嗎？」裴金頓太太問道，儘管她並不覺得別人快樂與否和她有什麼關係。

「我知道，這對你來說沒什麼意義，」帕克・潘先生說，「但對我而言，可就完全不一樣了。你知道，我在一家政府機構整理各種資料已經有三十五年了。現在我退休了，突然為自己累積的經驗想到一條前所未有的用途。其實這很簡單。不快樂的原因可以分為五大類……沒有其他的了，我可以向你保證。一旦找到了病因，就應該能找到解決之道。

「我好比是一名醫生。醫生會先對病人的病情做出診斷，然後對症下藥。有些病確實是無藥可醫。如果是那樣，我會直接表明自己無能為力。但我向你保證，裴金頓太太，一旦開始治療，我擔保會藥到病除。」

這可能嗎？這究竟是胡說八道，還是確有其事？裴金頓太太充滿期待地盯著他。

「我可以開始聽聽你的情況了嗎？」帕克・潘先生微笑著說。他向後靠在椅背上，手指交纏在一塊。「你的苦惱與你丈夫有關。大致上來說嘛，你還算有個幸福的婚姻。我想，你的丈夫賺了不少錢。這裡頭還涉及一位年輕小姐——也許是一位在你丈夫辦公室裡工作的小姐。」

「一個打字員。」裴金頓太太說，「一個可恥的濃妝豔抹的小蕩婦，不過就是厚厚的唇膏、絲襪和亂蓬蓬的鬈髮罷了。」她脫口而出。

帕克．潘先生點頭的樣子讓人感到十分安慰。

「『不會有事的』……我相信這是你丈夫的想法。」

「完全正確。」

「那麼，為什麼他不能與這位年輕小姐建立純潔的友誼，為她沉悶的生活帶來一絲明亮的色彩、一些快樂的消遣呢？可憐的孩子，她的生活是如此缺乏樂趣。我猜，這些是他個人的想法。」

裴金頓太太連連點頭。

「胡扯，全是胡說八道！他帶她去泰晤士河坐遊船觀賞風景……我也喜歡坐船遊覽，不過五、六年前他說這會妨礙他打高爾夫球。現在他卻為她放棄了高爾夫球。我愛去戲院，但喬治說他太累了，晚上不想再出門。現在他卻帶她去跳舞……跳舞！而且凌晨三點才回來。我……我……」

「而且毫無疑問，他對女人的嫉妒心深感遺憾，尤其是沒事好嫉妒卻偏偏不可理喻地亂嫉妒一通。」

裴金頓太太再次點頭。

「就是這樣。」她警覺地問，「你怎麼知道的？」

「資料。」帕克．潘先生簡潔地回答。

「我真是太不幸了，」裴金頓太太說，「我一直是喬治的好妻子。剛結婚時我拚了命地工作，幫助他逐步走向成功。我從沒搭理過其他男人。他的衣物總是縫補得好好的，我煮美食給他吃，克勤克儉地把家裡治理得井井有條。而現在我們成功了，能享點清福了，可以出去旅遊了，做那些我一直憧憬有朝一日能做的事……結果卻是這樣！」她費力地壓抑自己的情緒。

帕克．潘先生緩緩地點點頭說：「你放心，我完全理解你的處境。」

「那麼，你能幫我嗎？」她的聲音低得幾乎聽不見。

「當然了，親愛的女士。有個辦法，噢，沒錯，是有個辦法。」

「是什麼？」她瞪圓了眼睛，充滿希望地等待著。

帕克．潘先生輕聲而堅決地說：「你必須按照我說的去做，而且我要收取兩百基尼[1]的報酬。」

1　基尼（Guinea），舊時等於二十一先令的英國金幣，一九七一年以後僅只等於一點零五英鎊的幣值單位。

「兩百基尼！」

「沒錯。你付得起這筆錢，裴金頓太太。如果你生病需要動手術，你會為了一次手術付這樣一筆錢。心情快樂與身體健康同樣重要。」

「我想，是事後付款吧？」

「恰好相反，」帕克·潘先生說，「你得預先支付。」

裴金頓太太站起身來。

「恐怕我不能……」

「沒看清貨色就做這筆生意？」帕克 潘先生輕快地插嘴道，「嗯，也許你是對的。這筆錢是多了點，這樣做很冒險。聽我說，你必須信任我，你必須付這筆錢賭上一把。這就是我的條件。」

「兩百基尼！」

「沒錯。兩百基尼，確實是一大筆錢。再見，裴金頓太太。如果你改變了主意，隨時可以通知我。」

他微笑著與她握手，一點也沒有生氣的樣子。

她離開後，帕克·潘先生摁了桌上一個按鈕，一個戴著眼鏡、表情嚴肅的年輕女子應聲而入。

「請把檔案A拿來，拉蒙小姐。請你告訴克勞德，可能立刻會用得上他。」

「一位新客戶？」

「一位新客戶。目前她還沒拿定主意，但她會回來的。也許就在今天下午四點左右。把她登記上去。」

「方案A？」

「方案A，當然了。真有意思，每個人都以為自己的情況獨一無二。好吧，提醒一下克勞德，別打扮得太古怪，別噴香水，而且最好把頭髮剪短些。」

下午四點十五分的時候，裴金頓太太再次走進帕克・潘先生的辦公室。她抽出一本支票簿，開了一張支票遞給他。他給她一張收據。

「現在呢？」裴金頓太太充滿期待地看著他。

「現在，」帕克・潘先生微笑說道，「你先回家去。明天郵差第一趟來的時候，你會收到一些指示。如果你能按照指示去做，我會感到非常高興。」

裴金頓太太滿懷愉悅的期待回家了。裴金頓先生返家時滿心戒備，如果早餐桌前的戰爭重新開打，他將隨時準備為自己辯護。但是他發現妻子看起來不像要吵架的樣子，不禁鬆了一口氣。她反常地顯得心事重重。

喬治聽著廣播，想著那個可愛女孩南希會不會允許自己送她一件毛皮大衣。她的自尊心很強，他知道，他不想冒犯她。但她也確實抱怨過天氣太冷了。她那件花呢外套是便宜貨，根本擋不住寒氣。他可以用這個藉口，這麼一來，她不至於會生氣吧，也許……

他們應該盡快再出去共度一個夜晚。能帶一個漂亮女孩去一家時髦餐廳，那可真是一件樂事。他看得出來好幾個年輕人都在嫉妒他。她真是漂亮得不同凡響，而且她喜歡他。在她看來，正如她所說的，他一點也不老。

他抬起頭，視線與妻子正好相遇。他突然有內疚的感覺，這使他有些惱怒。瑪麗亞真是個小心眼、好猜疑的女人！她剝奪了他一點小小的樂趣。

他關了收音機上床睡覺。

第二天早晨，裴金頓太太多收到兩封意想不到的來信。一封是個列印信函，內容是和一位知名美容師的預約做確認。另一封是和一位服裝剪裁師的預約做確認。第三封才是來自帕克．潘先生的信，邀請她當日和他在麗緻飯店共進午餐。

裴金頓先生提到他也許不回家吃晚飯，因為有生意上的事要去拜訪客戶。裴金頓太太只是心不在焉地點頭，裴金頓先生一邊慶幸自己躲過一場風暴，一邊離開了家。

那位美容師很不一樣。

「你對自己太疏忽了！夫人。」他對她說，「這是為什麼？若干年前就應該這樣做了。不過，現在還不算太晚。」

她的臉被好好打理了一番。美容師在她臉上又擠又揉，還噴了蒸汽。臉上敷了面膜，後來還抹上營養霜，又撲了一層粉。還有許多其他小花招。

最後，一面鏡子被遞到她手中。

「我相信自己看起來真的年輕不少。」她在心中暗想。

做衣服的過程同樣充滿刺激。當她離開那裡時，覺得自己時髦漂亮，追得上時尚潮流。一點半的時候，裴金頓太太趕到麗緻飯店赴約。帕克．潘先生已經在那兒等她了。他的衣著無懈可擊，渾身上下依然帶著那種讓人寬慰安心的感覺。

「非常迷人。」他說，同時用富有鑑賞力的眼光將她從頭看到腳。「我已經冒昧為你叫了一杯雞尾酒。」

裴金頓太太並沒有喝雞尾酒的習慣，但她並未提出異議。她一邊小心翼翼地啜飲那味道濃烈的液體，一邊聽著她那位仁慈的導師講話。

「裴金頓太太，關於你的丈夫，」帕克．潘先生說，「我們一定得讓他坐立不安。你明白吧……坐立不安。為了達到這個目的，我要為你介紹我的一位年輕朋友。今天你將與他共進午餐。」

這時一個年輕人走了進來，同時左右張望著。他遠遠望見了帕克．潘先生，便優雅地向他們走來。

「這位是克勞德．盧特瑞先生，裴金頓太太。」

克勞德．盧特瑞先生大約只有三十來歲。他姿態優雅，溫文有禮，衣著完美，而且非常英俊。

「很高興能認識你。」他低語道。

幾分鐘後，裴金頓太太已坐在一張二人小桌前，面對著她的新導師。

剛開始她有些拘束，但很快地盧特瑞先生便使她放鬆下來。他對巴黎十分熟悉，還曾經在里維拉待過一陣子。他問裴金頓太太是否喜歡跳舞。裴金頓太太說喜歡，但近來不曾跳過，因為裴金頓先生不喜歡晚上出去。

「他怎麼能如此冷酷地把你留在家裡呢？」克勞德．盧特瑞微笑著說，露出一排漂亮的白牙。「在這個時代，女人不必再為男人的嫉妒心做犧牲。」

裴金頓太太幾乎要脫口說出男人的嫉妒心和這事沒什麼關係，但是她忍住了。不管怎麼樣，這說法聽起來不錯。

克勞德．盧特瑞輕描淡寫地談起了夜總會。他們說好隔天晚上一起光顧那家備受歡迎的「小天使班長」。

裴金頓太太有些緊張，她不知該怎麼將這件事告訴丈夫。她想，喬治會覺得這太奇怪了，甚至可能會說它荒唐可笑。結果她根本不必為這件事操心。早餐時她太緊張了，沒來得及開口，而下午兩點時有個電話打來，傳達口信說裴金頓先生將留在市區吃晚飯。

那天晚上過得很愉快。裴金頓太太還是少女時就很會跳舞。在克勞德．盧特瑞技巧嫻熟的帶領下，她很快學會了新的舞步。他誇她的晚禮服漂亮，頭髮也做得很好（那天上午，帕克．潘先生為她約了一位擅長做時髦造型的髮型師）。當他們分手告別時，他吻她手的優雅姿態簡直令她身心震顫。裴金頓太太已有多年沒享受過這樣美好的夜晚。

接下來的十天，日子過得簡直叫她感到困惑。裴金頓太太不斷地在外面吃飯、喝茶、跳舞。克勞德．盧特瑞把自己童年時代所有令人落淚心酸的故事都告訴她。她也聽他說了他父親失去全部財產後他們的悲慘境遇。她還聽他講了他悲傷的羅曼史，以及女人所帶給他的心痛感覺。

第十一天，他們正在「紅司令」跳舞。裴金頓太太看見她丈夫，隨後她丈夫也看到她。喬治正和他辦公室的那位年輕女孩在一起。兩邊人馬都在跳舞。

「你好，喬治。」當他們轉到一塊兒碰頭時，裴金頓太太輕快地與他打招呼。

裴金頓太太饒有興致地看見她丈夫一張老臉在驚訝中脹得通紅，然後又由紅轉紫。顯然驚訝中還攙雜了幾分愧疚。

裴金頓太太感到一種全局在握的快活。可憐的老喬治！裴金頓太太回到桌邊坐下，觀察那一對舞伴。他可真胖，光禿禿的腦袋，跳起舞來那麼笨拙。他跳的是二十年前的舞步。可憐的喬治，那麼迫切地想變年輕！而那個和他跳舞的可憐女孩還不得不裝出一副很歡娛的樣子。現在她的臉埋在他看不見的肩膀上，表情真是厭煩透了。

而她自己這邊呢，裴金頓太太得意地暗忖，是多麼讓人嫉妒啊。她瞥了一眼身邊那位看來完美無瑕的克勞德，他正知情識趣地保持沉默。他是多麼懂她。他從不與她爭執——每個丈夫在結婚若干年後，不可避免地總會和妻子爭吵。

她又看了看他，他們的目光相遇了。他微微一笑。他深邃的眼睛是那樣憂鬱、浪漫、而且溫柔地看著她。

「再跳一曲嗎？」他低聲問道。

他們又跳了起來。這真是快樂天堂！

她感覺到喬治充滿歉意的目光一直追隨著他們。她突然想起來，他們的目的是要讓喬治嫉妒。那好像是很久以前的事啊！現在她真的不想讓喬治嫉妒了，那會令他很不好受。為什麼要讓他難過呢？可憐的東西。每個人都這麼快樂……

裴金頓太太回到家時，裴金頓先生已經在家待了一個小時。他看起來困惑而缺乏自信。

「嗯，」他說道，「你回來了。」

裴金頓太太甩開那件當天上午花了她四十基尼買來的披肩。

「是啊，」她微笑著說，「我回來了。」

喬治咳了一聲。

「呃，遇見你讓人覺得怪怪的。」

「是嗎？」裴金頓太太說。

「我……呃，我想，帶那個女孩出去也算是做功德。她家裡有些麻煩事。我想，這個嘛，算是做好事，你知道的。」

裴金頓太太點點頭。可憐的老喬治，笨手笨腳的，卻還那麼興奮自得。

「和你在一起的那個傢伙是誰？我不認識他，對吧？」

「盧特瑞。他名字叫克勞德・盧特瑞。」

「你怎麼認識他的？」

「噢，有人介紹的。」裴金頓太太含糊地說。

「你出去跳舞，這真是奇怪……在你這把年紀。可別被人當成笑話，親愛的。」

裴金頓太太笑了笑。此刻她覺得這個世界是如此美好，她不想說難聽的話來破壞氣氛。

「有變化總是好的。」她和氣地說道。

「你要小心，有很多這種靠女人吃飯的小白臉。有些中年婦女實在傻得可笑。我只是在提醒你，親愛的。我不想看你做出不合時宜的舉動。」

「我覺得做些運動跳跳舞很有幫助。」裴金頓太太說。

「嗯，沒錯。」

「我希望你也這麼做。」裴金頓太太好心好意地說，「最重要的是生活快樂，不是嗎？我記得有一天吃早餐時你是這麼說的，大約十天前吧。」

她丈夫警覺地看了她一眼，但是她看起來一點也不像在諷刺他。她打了個哈欠。

「我得去睡了。對了，喬治，最近我花了不少錢。會有很多帳單寄到家裡來，你不會介意吧？」

「帳單？」裴金頓先生問道。

「是啊，買衣服，做按摩，還有頭髮的護理。我真是奢侈得不像話……不過我知道你不會介意的。」

她上樓去了，裴金頓先生待在原地驚訝得張大了嘴。對於今晚發生的事，瑪麗亞的態度和氣得令人稱奇。她好像根本不在意。不過真是遺憾，她突然開始喜歡花錢了。瑪麗亞，那個勤儉節省的最佳模範！

女人！喬治．裴金頓搖了搖頭。那個女孩的兄弟最近遇上一些麻煩。好吧，他願意幫忙。無所謂啦……該死的，公司的業務最近也不太順利。

裴金頓先生嘆了口氣，緩緩爬上樓去。

有些話在聽進去的當時沒有立刻引起注意，反而事後才會被想起。直到第二天早晨，裴金頓先生說的一些話才真正引起他太太的反應。

靠女人混飯吃的男人，中年婦女，傻得可笑。

裴金頓太太是個內心堅強的人。她坐下來面對事實。靠女人混飯吃的男人。她在報上讀過許多關於他們的事，也讀到有些中年婦女所做過的蠢事。

克勞德是靠女人吃飯嗎？她猜想他是。不過，吃軟飯的男人靠女人付帳，而克勞德總是為她付帳。沒錯，但付帳的人其實是帕克．潘先生，不是克勞德……或者，不如說是她自己的兩百基尼。

她是個愚蠢的中年婦女？克勞德．盧特瑞在背後嘲笑她嗎？想到這兒，她臉紅了。

好吧，那又怎麼樣？克勞德是靠女人吃飯的男人，她是個愚蠢的中年婦女。她想自己應該送他些什麼東西，比方說一個金質菸盒之類的禮物。

一種奇怪的衝動驅使她出了門，來到亞斯普雷商場。她挑了一個菸盒並付了錢。她和克勞德約好在克拉里奇餐廳共進午餐。

他們喝咖啡時，她從皮包裡拿出那個菸盒。

「一點小禮物。」她喃喃說道。

他抬起頭，皺著眉。

「給我的？」

「是的。我……我希望你會喜歡。」

他用力把它從桌上推回去。

「為什麼要給我？我不會收的，拿回去，拿回去。」

他生氣了，黑眼睛裡閃爍著怒火。

她咕噥了一句：「對不起。」

那天他們倆都有點侷促不安。

第二天早晨，他打電話給她。

「我必須見你。今天下午我能來你家嗎？」

她告訴他三點過來。

他抵達時臉色蒼白，情緒十分緊張。他們互相問好，那種尷尬的感覺更明顯了。

突然間他跳了起來，站著面對她。

「你以為我是幹什麼的？我就是來問你這件事。我們是朋友，不是嗎？是的，我們是朋友。但這又有什麼差別，你仍然認為我是……嗯，一個吃軟飯的男人，一個靠女人過活的傢伙。你是這樣想的，不是嗎？」

「不，不是。」

他不理會她的否認。他的臉色白得像紙一樣。

「你就是那麼想的！沒錯，這是真的，我來這兒是要告訴你這件事。這是真的！我的任務是帶你出去，讓你開心，和你談情說愛，讓你忘掉你的丈夫。這是我的工作，一個可恥的工作，是吧？」

「你為什麼要告訴我這些？」她問道。

「因為我受不了。我無法再這樣繼續下去。不能再這樣對你。你與眾不同，你是我可以信任、依賴、敬慕的那種女人。你以為我只不過是說說罷了，這又是遊戲的一部分，對吧？」他靠近她。「我會證明這不是一場遊戲。我要走了……為了你。為了你，我要讓自己成為一個真正的男人，而不是現在這種令人厭惡的傢伙。」

他突然將她抱住，他的唇印在她的唇上。接著他放開她，站到一邊去。

「再見。我是個可恥的傢伙，一直都是。但是我發誓，從現在開始一切將會改變。你還記得你曾經說過，你喜歡看報上的人事廣告嗎？此後每年的今天，你會在那一欄廣告中看到來自我的祝福，告訴你我記得這一切，並且在努力履行諾言。到那時候，你會明白你對我的意義有多大。還有一件事，我不曾從你那兒拿過任何東西，但我希望你能收下這個。」他從手指上取下一枚純金戒指。「這曾經是我母親的戒指。我希望你能收下它。再見。」

喬治・裴金頓很早就回家了。他發現妻子神情恍惚地盯著爐火。她溫和地和他說話，但顯然心不在焉。

「喂，瑪麗亞，」他突然冒出一句話：「你還記得那個女孩嗎？」

「怎麼了，親愛的？」

「我……我不是故意要讓你難過，你知道的。我和她之間，其實沒什麼。」

「我知道，是我太傻了。如果這樣能讓你快樂，你就和她在一起好了。」

這些話本來絕對會讓喬治・裴金頓喜上眉梢才對。奇怪的是，他卻感到很懊惱。當你的妻子鼓勵你帶個女孩出去玩的時候，這樣還會有什麼樂趣呢？該死，不是這麼回事！做一個快活的小夥子，玩火的男子漢快感，這種種感覺都消失得無影無蹤。喬治・裴金頓突然感到很疲倦，而且自己帳目上的錢也少了許多。那女孩是個精明的小鬼頭。

「你喜歡的話，我們一起去度假怎麼樣，瑪麗亞？」他試探著問道。

「噢，不用管我。我很快樂。」

「但是，我想帶你一塊去。我們可以去里維拉。」

裴金頓太太的微笑顯得可望而不可即。

可憐的老喬治。她喜歡他，他是那樣一個讓人憐愛的老傢伙。她所擁有的那種可增添光彩的祕密，是他生命中所缺乏的。她的微笑更加溫柔了。

「真是太棒了，親愛的。」她說。

§

帕克．潘先生正和拉蒙小姐說話。

「娛樂費用？」

「一百零二英鎊十四先令六便士。」拉蒙小姐說。

門被推開了，克勞德．盧特瑞走了進來。他看起來悶悶不樂。

「早安，克勞德，」帕克．潘先生說，「事情還順利吧？」

「應該是吧。」

「那枚戒指呢？對了，你在上頭刻了什麼名字？」

「瑪蒂達，」克勞德愁眉苦臉地說，「一八九九。」

「好極了。那則廣告應該怎麼寫？」

「『我在奮鬥中。思念你，克勞德』。」

「請把它記下來，拉蒙小姐。人事欄。十一月三日……讓我想想，費用為一百零二英鎊十四先令六便士。是的，我想，十年的時間。這樣我們還賺了九十二英鎊二先令四便士。夠了，夠多了。」

拉蒙小姐離開了辦公室。

「聽我說，」克勞德突然開口說道，「我不喜歡這樣。這個把戲太無恥了！」

「親愛的孩子！」

「無恥的把戲。她是個正經的女人，是個好人。我對她撒了那麼多謊言，說了一堆淒慘的假話，該死，這讓我覺得噁心！」

帕克．潘先生扶了扶眼鏡，帶著研究的興致看著克勞德。

「天啊！」他冷冰冰地說，「我不記得在你……哼，聲名狼藉的事業中，你的良心曾經感到不安過。你在里維拉的浪漫情事真是大膽厚顏，而你在加州黃瓜大王的妻子海蒂．韋斯特夫人身上，撈到的好處就更甭提了，這些都充分顯示了你冷酷無情的商人本性。」

「好吧，我開始覺得不一樣了，」克勞德生氣地咕噥著，「這樣做……不好，這種把戲。」

帕克．潘先生用一種校長教導學生的口氣說：「親愛的克勞德，你已經完成一項值得讚賞的工作。你所付出的東西，是任何一個苦悶女人都需要的——一段羅曼史。女人的激情無法長久，她們從中是得不到任何好處的，但是一段羅曼史卻可以放進儲藏室，自今而後可以慢慢回味。我懂人類的本性，孩子。我告訴你，即使多年以後，女人依然能從這段往事中得到快樂。」他咳了一聲。「我們非常成功地完成裴金頓太太的委託。」

「可是，」克勞德抱怨說，「我不喜歡這樣。」

他離開了辦公室。

帕克・潘先生從抽屜裡拿出一個新的檔案夾。他寫上：

「情場老手良心發現。註：觀察後續發展。」

02

憂鬱軍人的個案

Parker Pyne Investigates

威布蘭少校在帕克・潘先生辦公室的門外猶豫了一會兒，讀了不只一遍手上那則日報廣告。內容很簡單：

你快樂嗎？如果答案是「不」，那麼請來里奇蒙街十七號，讓帕克・潘先生為你解憂。

少校深吸了一口氣，猛然穿過旋轉門，踏入這家公司的外部辦公室。一個相貌普通的年輕女人從打字機前抬起頭，探詢地看著他。

「請問帕克・潘先生在嗎？」威布蘭少校問道，他的臉一下子紅了。

「這邊請。」

他跟著她走進內部辦公室，來到溫和的帕克・潘先生面前。

「早安，」潘先生招呼道，「請坐。告訴我，我能為你做些什麼。」

「我叫威布蘭……」他開始說。

「是少校？還是上校？」潘先生問道。

「少校。」

「啊！而且不久之前剛從國外回來？印度？東非？」

「東非。」

「那是個美麗的地方。好吧，你現在回來了……可是你不喜歡這樣。是這件事情讓你煩惱嗎？」

「你說得對極了。你是怎麼知道的……」

帕克・潘先生揮揮手。

「這是我的工作。你知道，我在一家政府機構整理各種資料已經有三十五年了。現在我退休了，突然為自己累積的經驗想到一個前所未有的用途。其實這很簡單。不快樂的原因可以分為五大類……沒有其他的了，我可以向你保證。一旦找到病因，就應該能夠找到解決之道。

「我好比是一名醫生。醫生會先對病人的病情做出診斷，然後對症下藥。有些病確實是無藥可醫。如果是那樣，我會直接表明自己無能為力。但我向你保證，一旦開始治療，我擔保會藥到病除。

「我可以向你保證，威布蘭少校，在退役的帝國建設者當中——這是我幫他們取的稱號——有百分之九十六都不快樂。他們的生活曾經充滿了活力和責任感，隨時隨地都有可能處於險境，最後卻換來了……什麼報酬呢？拮据的生活、令人煩躁的氣候，以及魚兒離開水面的那種感受。」

「你說得沒錯。」少校說道，「我討厭枯燥乏味的生活，每天沒完沒了地閒扯些村子裡雞毛蒜皮的小事。但是我能怎麼辦呢？除了我的退役金之外，我還有一點兒錢。我在柯伯姆附近有棟不錯的房子。但我沒錢去狩獵、射擊或釣魚。我未婚。我的鄰居都是好人，但他們對這座島以外的世界一無所知。」

「簡而言之，你就是覺得生活太平淡了。」

「平淡得要死。」

「你想要刺激的生活，甚至去歷險都願意？」潘先生問道。

那位軍人聳聳肩。

「在這種小地方，壓根兒不會有這種事發生。」

「這你就錯了，」潘先生嚴肅地說，「恕我直言。如果你知道門路所在，在倫敦一地有的是危險，有的是刺激。你只看到英國生活的表面——平靜和舒適。但它還有另外一面。如果你願意，我可以把另外這一面展示給你看。」

威布蘭少校沉吟著打量他。潘先生身上有一種讓人安心的東西。而且他有一種力量，一種讓人覺得他是可以依靠的力量。

「不過，我要提醒你，」潘先生接著說，「這可得冒一點風險。」

軍人的眼睛一亮。

「那不算什麼。」他說，隨即突然問道：「那麼，你的服務費是……」

「我的服務費是五十英鎊，」潘先生說，「請預先支付。如果一個月後你仍然覺得生活枯燥乏味，我會把錢如數退還給你。」

威布蘭考慮了一下。

「還算公平。」他終於說道，「我同意。我這就開張支票給你。」

交易完成了。帕克．潘先生摁了桌上的一個按鈕。

「現在是一點。」他說，「我想請你帶一位小姐去吃午飯。」門打開了。「親愛的瑪德琳，這位是威布蘭少校。他將與你共進午餐。」

威布蘭眨了一下眼睛，這沒什麼好奇怪的。走進來的這個女孩皮膚黝黑，神態慵懶，眼睛美麗動人，睫毛又黑又長，氣色非常好，朱紅的嘴唇性感迷人。一身精緻的服裝勾勒出穠纖合度的曼妙曲線。從頭到腳她都完美無缺。

「呃，我很榮幸。」威布蘭少校說道。

「這位是狄薩拉小姐。」帕克．潘先生說。

「你真是客氣。」瑪德琳．狄薩拉輕聲道。

「請留下你的地址，」潘先生說，「明天早上你會收到我進一步的指示。」

威布蘭少校和那位可愛的瑪德琳離開了。

§

瑪德琳回來時是下午三點了。

帕克．潘先生抬起頭。

「怎麼樣？」他問道。

瑪德琳搖了搖頭。

「他嚇壞了，」她說，「他認為我是個蕩婦。」

「我猜他會這樣想。」帕克．潘先生說，「你按照我說的去做了？」

「是的。我們相談甚歡地討論其他桌的客人。他喜歡金髮碧眼、中等身材、略微蒼白纖瘦的那一型。」

「那應該很容易。」潘先生說，「幫我拿B類文件來，讓我看看目前我們有什麼樣的人選。」他的手指掠過一長串名單，最後停在一個名字上。「芙蕾達．克萊格。對，我認為她是個合適的人選。我最好和奧利薇夫人商量一下接下來該怎麼辦。」

§

第二天，威布蘭少校收到一張字條，上面寫著：

請於下週一上午十一點，前往漢普斯特區馮賴爾路的依格蒙，找一位瓊斯先生。請自稱是來自「瓜瓦船運公司」。

在接下來的週一上午（那天正好是銀行公休日），威布蘭少校十分聽話地按照紙條上的指示前往馮賴爾路的依格蒙。他是動身了，沒錯，但他並沒有到那兒去。因為抵達那裡之前，又另外發生了一件事。

那天好像世上所有的人都往那兒去。威布蘭少校被捲入人群中，在地鐵裡被擠得喘不過氣來。而且他發現馮賴爾路也不太容易找。

那是一條冷清的死巷道，路上還留著大量的車轍。兩側是幾棟寬敞的大房子，依稀看得出舊時的風光，但現在已是年久失修、被人遺棄了。

威布蘭少校沿著馬路行走，不時停下腳步看看門柱上已經模糊不清的門牌。突然間他好像聽到什麼聲音，心中一凜，不禁側耳細聽起來。那是一種嗚咽的輕泣聲。

又聽到那聲音了，而且這次依稀夾雜著「救命」的呼喊。聲音是從他剛剛路過的那棟房子的圍牆裡傳出來的。

威布蘭少校一刻也沒猶豫。他推開搖搖欲墜的籬笆門，悄無聲息地沿著長滿雜草的汽車道向前跑去。在灌木叢中有個女孩正想從兩個剽悍的黑人手中掙脫開來。她勇敢地反抗著，身體扭來扭去，手腳又踢又打。儘管她努力想把頭轉開，但有個黑人還是用手捂住她的嘴。

那兩個黑人忙著對付那個女孩，都沒有注意到威布蘭逐漸逼近。一記重拳打中那個捂著女孩嘴巴的黑人下顎，把他打得踉蹌向後退了幾步，直到此刻，他們才知道有人來了。另一個黑人嚇了一跳，放開那個女孩轉過身來。威布蘭已經擺好架式。他猛地又出一拳，那個黑人搖搖晃晃退了幾步跌倒在地。威布蘭趕緊轉過身來，先前挨了一拳的那個黑人正試圖從背後襲擊他。

但那兩個人已經挨拳挨怕了。第二個人翻過身子坐了起來，爬起來一溜煙地就往門口跑。他的同伴也想溜之大吉。威布蘭拔腿就追，但又改變主意轉向那個女孩。她正靠在一棵樹上喘息。

「噢，謝謝你！」她喘著氣。「好可怕！」

威布蘭少校這才看清楚他所救之人的模樣。她大約二十一、二歲，金髮碧眼，臉上沒什麼血色，但蒼白中仍顯得十分漂亮。

「要是你沒來的話，我就慘了。」她喘息著說。

「好了，」少校安慰道，「現在沒事了。不過，我想我們最好離開這裡，那些傢伙還可能會回來。」

女孩唇邊浮上一絲虛弱的笑意。

「在你那樣揍了他們之後，我不認為他們還會回來！噢，你真是棒極了！」

女孩敬慕地看了他一眼，威布蘭少校的臉都紅了。

「沒什麼，」他含糊地說，「女士們被騷擾，這是司空見慣的事。嗯，如果我扶著你的手臂，這樣你能走嗎？我知道，你一定嚇壞了。」

「我現在沒事了。」女孩說。

不過，當威布蘭少校主動伸出手臂時，她還是靠了上去。她仍然在顫抖。當他們走出大門時，她向身後的房子瞥了一眼。

「我不明白，」她嘟囔著，「那明明是一棟空房子。」

「沒錯，是一棟空房子。」

少校抬頭看看破碎的窗戶，還有周圍那片荒廢的模樣，表示同意。

「可是它的確是白馮賴爾，」她指著門上一個已經模糊不清的名字說道，「白馮賴爾是我要去的地方。」

「不要為這些事煩惱了，」威布蘭說，「我們會很快叫到一輛計程車，然後去什麼地方喝杯咖啡。」

走到這條路盡頭，他們來到一條行人較為擁擠的路上。幸運的是，一輛計程車剛在一棟樓房旁讓客人下車。威布蘭召喚它過來，跟司機說了個地址，他們便上了車。

「你不用說話，」他勸告他的夥伴。「靠著椅子坐就好。你剛剛經歷了一件可怕的事。」

她感激地對他微笑。

「對了，呃，我叫威布蘭。」

「我叫克萊格，芙蕾達．克萊格。」

十分鐘後，芙蕾達啜飲著熱咖啡，充滿感激地看著桌子對面的救命恩人。

「這真像是一場夢，」她說，「一場噩夢。」她顫抖了一下。「但是就在不久之前，我還希望能遇上什麼特別的事！噢，我不喜歡冒險。」

「告訴我怎麼回事。」

「嗯，要把情況說清楚，恐怕得先說一大段關於我自己的事。」

「願聞其詳。」威布蘭微微向她一鞠躬。

「我是個孤兒。我父親是一艘商船的船長，在我八歲時就去世了。我母親三年前也去世了。我在城裡頭工作。我在真空瓦斯公司工作，擔任祕書。上星期某個傍晚，我回到住處時發現有位瑞德先生在等我。他是一位律師，從墨爾本來。

「他彬彬有禮地問了我一些私人問題。他解釋說他認識我父親很多年了。事實上，他為我父親處理過一些法律事務。然後他告訴我他這次來訪的目的。『克萊格小姐，』他說，『我有理由相信，你也許能從你父親去世前幾年所進行的一項金融交易中獲益。』我聽了當然非常驚訝。

「『你不太可能聽過這項交易，』他解釋說，『我想約翰．克萊格從未把它當真。不過，誰也沒想到那筆買賣居然賺了錢，但你必須拿出一些必要文件才能得到那筆錢。那些文件應該還在你父親的遺物裡頭，但也有可能被當作沒用的東西給丟了。總之，你是否還保留著你父親留下的文件呢？』

「我向他解釋，我母親把我父親留下的雜物都放在一個舊的航海貯物箱裡頭。我曾經簡略地翻過，沒發現任何有價值的東西。

「『也許你沒意識到那些文件的重要性。』他微笑著說。

「於是我找出那個箱子，把裡頭的幾份文件都拿給他看。他看了看，卻說無法馬上分辨哪份文件會和那椿交易有關。他要把它們全帶走，如果有什麼發現就會和我聯絡。

「週六的最後一班郵件裡頭，有他的一封來信。信中寫著要我去他的住處商量這件事。地址是：白馮賴爾，馮賴爾路，漢普斯特區。他請我今天上午十點四十五分準時抵達。

「為了找這個地方，我遲到了一會兒。我匆忙穿過院門走向屋子。突然間，那兩個可怕的男人從灌木叢中向我撲來。其中一個捂住了我的嘴，我連呼救都來不及。我拚命把頭轉開想大聲呼叫。幸好你聽到了。要不是你……」

她停頓下來，她的表情道出她想要說的話。

「很高興我正好在那附近。上帝，我真想抓住那兩個臭小子。你從未見過他們吧？」

她搖了搖頭。

「這到底是怎麼回事？」

「很難說，但有一件事我很確定：你父親留下的文件裡頭，絕對有些別人想要的東西。這個叫瑞德的傢伙告訴你一個瞎掰亂編的故事，好找機會看看那些文件。顯然他要找的東西不在那裡面。」

「噢！」芙蕾達說，「難怪上週六我回到家的時候，覺得東西被人翻過。老實跟你說，我還懷疑是房東太太出於好奇來翻我的東西呢。不過現在……」

「如果是這樣，那就沒錯了。有人想進你的房間搜尋一下，但沒找到他要的東西。他懷疑你可能知道那份文件的重要性，所以隨身攜帶著它。他安排了這次的陷阱。如果你真的隨身帶著它，如此一來，他們就可以把它搶走。如果你沒帶在身上，他們便會把你關起來，逼你說出它究竟藏在哪兒。」

「到底它是什麼東西呢？」芙蕾達叫道。

「我不知道。但一定是值得他如此大費手腳的東西。」

「這似乎不太可能。」

「噢，這很難說。你的父親曾經是個海員，去過許多偏遠的地方。也許他碰上一些連自己都不知道的祕密事件。」

「你真的這麼認為？」女孩蒼白的臉頰上激動地出現紅暈。

「我的確這麼認為。問題在於，接下來我們該怎麼辦？你不會想去找警察吧？」

「噢，不要，千萬不要。」

「很高興聽到你這麼說。我看不出來警察能做些什麼，他們只會給你帶來不便。至於現在，我建議讓我請你吃頓午飯，再送你回家，以確保你安全到家。然後呢，我們也許可以找找那份文件。因為，你知道的，它應該會在某個地方。」

「也許我父親把它銷毀了。」

「當然有可能是這樣。但那些人顯然不這麼認為，所以我們應該還有希望。」

「那可能會是什麼東西？寶藏？」

「我的天啊，很有可能喔！」威布蘭少校叫道，他身上所有活力都在這一刻爆發出來。

「不過呢，克萊格小姐，現在是午餐時間了！」

他們吃了一頓愉快的午餐。威布蘭將他在東非的生活一股腦都講給芙蕾達聽。他描述了獵象的經歷，女孩聽得又害怕又興奮。他們吃完午飯後，他堅持要叫車送她回家。

她住的地方在諾丁山附近。他們到達那兒之後，芙蕾達和她的房東太太交談了幾句。然後她帶著威布蘭來到二樓，那兒她有一間小臥室和一間客廳。

「和我們猜的一模一樣，」她說，「週六早上有個男人來過，說要安裝一條新的電路。他跟她說我房間裡的電線有問題。他還在我房間待了一會兒。」

「把你父親的箱子拿給我看看。」威布蘭說。

芙蕾達把一個黃銅皮箱交給他。

「你看，」她一邊說，一邊打開箱子。「空蕩蕩的，一無所有。」

威布蘭沉思著點點頭。

「沒有其他擺文件的地方嗎？」

「絕對沒有了。我媽把所有東西都放在這兒。」

威布蘭檢查了箱子的內部，突然高興地叫起來。

「在內襯裡面有一道裂縫。」

他小心翼翼地把手伸進去摸索。接著他們聽見一聲輕微的劈啪聲。

「有東西滑到裡頭去了。」

他馬上把新發現的東西拿出來。那是一張摺了好幾摺的髒紙片。他在桌上把它攤平，芙蕾達越過他的肩膀往下看，然後失望地嘆了一聲。

「只是一些奇怪的符號。」

「咦，這是用史瓦希里文寫的。真是難以想像，史瓦希里文！」威布蘭少校驚呼道，「東非的地方語言，我剛好知道。」

「真沒想到！」芙蕾達說，「你看得懂嗎？」

「還可以。不過，這事可真怪。」他把那張紙拿到窗前。

「是有什麼特別的嗎？」芙蕾達緊張地問。

威布蘭把那張紙看了兩遍，然後回到女孩身邊。

「這個嘛，」他輕輕一笑。「你的寶藏在這兒，準沒錯。」

「寶藏？真的？你是說西班牙珠寶……一艘沉船之類的？」

「也許沒那麼具有傳奇色彩，但也差不多啦。這張紙標示了一個地方，那地方藏放著一批象牙。」

「象牙？」女孩震驚地說。

「是的。大象，你知道的。有條法律規定一年能捕獵多少頭大象。某個偷獵者完全違反了那條法律卻沒有被抓。他們在追蹤他，於是他把那批東西藏了起來。多到會讓你嚇一跳……而這張紙上清楚寫著如何能找到那批象牙。聽我說，我們非得找到它不可，你和我。」

「你是說它們真的值很多錢？」

「對你來說是一筆不錯的財富。」

「但我父親怎麼會有這張紙呢？」

威布蘭聳聳肩。

「也許某人快要死了，他大概是為了保險起見用史瓦希里文記錄下來，然後交給你父親。他們也許是朋友。你父親看不懂，不覺得它有什麼用。這只是我的猜測，不過我想應該和事實不會差太多。」

芙蕾達嘆了一口氣。

「太刺激了。」

「現在的問題是：該怎麼處理這份珍貴的文件。」威布蘭說，「我不想把它留在這兒。他們也許還會再來。你是否願意讓我來替你保管它呢？」

「我當然願意。但是，難道這不會給你帶來危險？」她躊躇著說。

「我可不是好惹的，」威布蘭正顏厲色地說，「你不用替我擔心。」他把紙摺起來放進皮夾。「明天傍晚我能來找你嗎？」他問道，「屆時我會擬定出一個計畫，而且我會在地圖上面找出那個地方。你什麼時候會回到家？」

「大約六點半。」

「好極了。我們一起商量一下，然後我請你吃晚飯。我們應該慶祝一下。那就這樣了，再見。明天六點半見。」

第二天威布蘭少校準時來了。他摁了門鈴，說找克萊格小姐。一個女傭人開了門。

「克萊格小姐？她不在。」

「噢！」威布蘭不想進去等。「那我過一會兒再來。」他說。

他在對街逛了一會兒，每一分鐘都期待看到芙蕾達輕快地向他走來。幾分鐘過去了，六點四十五分，七點十五分，還是沒看到芙蕾達。一種不安的感覺籠罩上來。他又回到那棟房子再次摁了門鈴。

「是這樣的，」他說道，「我和克萊格小姐約了六點半碰面。她是不是真的不在？或者，她……呃，有沒有留下什麼口信？」

「請問你是威布蘭少校嗎？」傭人問。

「是的。」

「這兒有一張給你的字條。某個人送來的。」

親愛的威布蘭少校：

發生了一件怪事。我就不多說了，請你來白馮賴爾找我好嗎？請即刻動身。

威布蘭少校皺起眉頭，腦筋轉得飛快。他心不在焉地從口袋裡抽出一封信，那是要寄給他裁縫的信。

「請問，」他對那位傭人說，「你能不能給我一張郵票？」

「我想帕金思太太那兒應該有。」

一會兒後，她拿了一張郵票出來。威布蘭付了她一先令。去地鐵站的途中，他把它投進了郵箱。

芙蕾達的信使他非常不安。是什麼原因讓那個女孩又獨自跑到昨天遭遇危險的地方？

他搖了搖頭。這麼做真是蠢極了！又是那個瑞德嗎？是不是他又想出方法讓女孩相信了他？為什麼她要去漢普斯特？

他看了看手錶。快七點半了。她一定指望他六點半就出發。快遲了一個小時，太晚了。要是她能留下一些暗示給他就好了。

那封信讓他困惑不已。不知為什麼，他總覺得那不像是芙蕾達的說話口氣。

他到馮賴爾路的時候已經七點五十分。天色暗了下來。他警惕地朝四周看看，周圍看不到任何人。他輕輕推開那扇搖搖欲墜的門。門無聲無息地轉開了。車道上沒有人，屋子裡一片漆黑。他小心翼翼地向前走去，不時警覺地朝兩邊張望，他可不想被人偷襲而措手不及。

他突然停下腳步。有一絲光亮透過一扇窗戶的縫隙閃了一下。屋子裡頭有人。

威布蘭敏捷地閃身進了灌木叢，向房子的背後摸去。最後他終於在一樓找到一扇沒插上門的窗戶。那兒像是洗滌間的窗戶。他抬起窗格，用手電筒（那是他在路上一家商店買來的）往裡頭照了照。裡面空無一人。他爬了進去。

他小心翼翼地打開洗滌間的門，什麼聲音也沒有。他又用手電筒照了照，是一間廚房。而且是空廚房。廚房外是幾節階梯，然後是一扇門，顯然是通向屋子的前半部。

他推開門，側耳細聽，什麼也沒有。他溜了進去，來到前廳。還是沒有聲音。左右兩邊各有一扇門，他選了右邊那扇，趴在門邊聽了一會兒，然後試著旋轉門把。門把動了，他一寸一寸慢慢地推開那扇門踏了進去。

他又轉開手電筒。房間裡空空的，連家具也沒有。

就在這時候，他聽到背後有聲音，猛 轉身……太遲了。某樣東西砸在他腦袋上，他往前一跌昏倒在地……

也不知過了多久，威布蘭恢復了知覺。他甦醒過來，覺得頭疼得厲害。他試著動了動身體，卻發現動彈不得。原來他被繩子綁起來了。

他的神智突然完全清醒，想起自己的腦袋剛才挨了一棒。

牆上高處的一個煤氣燈發出微光，讓他分辨出自己正在一間小小的地下室裡面。他往四周看去，心裡不由得一沉。不遠處躺著芙蕾達，和他一樣被綁著。她的眼睛緊閉，但是當他緊張地盯著她看的時候，她呻吟了一聲並睜開雙眼。她困惑的目光落到他身上，認出是他，眼裡立即湧上興奮的神情。

「你也在這兒！」她說，「發生了什麼事？」

「我太讓你失望了，」威布蘭說，「莽莽撞撞一頭掉進了陷阱。告訴我，是你留了張字條給我，叫我來這兒見你的嗎？」

女孩的眼睛驚訝地睜大了。

「我？是你送了一張字條給我。」

「噢，我送了一張字條給你？」

「是的，我在辦公室裡收到的。字條上說叫我來這兒見你。」

「同樣的手法，讓我們倆都上了當。」

他哼道，然後他解釋了一下情況。

「我明白了，」芙蕾達說，「這是為了……」

「拿到那份文件。我們昨天一定被人跟蹤了。一定是這樣才騙得了我們。」

「那麼，他們拿到了嗎？」芙蕾達問道。

「可惜我現在摸不到。」

威布蘭沮喪地看了看自己被綁住的雙手。

突然有個像是來自半空中的聲音響起。他們倆都嚇了一跳。

「是的，謝謝，」那聲音說道，「我已經拿到了。很好，完全沒錯。」

那個看不見的聲音使他們倆不由自主地顫抖起來。

「瑞德先生。」芙蕾達喃喃道。

「瑞德是我的名字之一，親愛的小姐，」那聲音說，「我有許多名字。這只不過是其中一個。很遺憾你們打擾了我的計畫……我從不允許發生這種事。你們發現了這棟房子，這件事很嚴重。雖然你們還沒有告訴警察，但你們將來也許會那麼做。

「這件事我恐怕不能信任你們。你們可能會拍胸脯保證，但通常保證是起不了什麼作用的。而且，這棟房子對我十分有用。你們可以說，它是我的清算中心。沒有人能從這裡活著出去。在這裡，你們將離開人世……去別的地方。我很遺憾地說，你們即將要離開人世。遺憾啊，但必須如此。」

那聲音稍稍停頓了一下，又接著說：「不會有人流血。我憎惡流血。我的方法簡單得多，而且照我看來，一點也不痛苦。好吧，我該走了。再見，二位。」

「聽著！」說話的是威布蘭。「你對我怎麼樣都行，但這位小姐沒做過什麼事……她對你沒任何威脅。讓她走，她對你不會有任何妨害。」

沒人回答他。

就在這時候，芙蕾達發出一聲驚叫。

「水……水！」

威布蘭勉強地扭過身子，順著芙蕾達的目光看去。一股水流正源源不斷地從天花板附近的一個洞裡流出來。

芙蕾達恐懼地喊了一聲。

「他們要淹死我們！」

汗珠出現在威布蘭的眉端。

「我們還有希望，」他說，「我們可以大聲呼叫，絕對會有人聽見的。來，一起大聲喊叫。」

他們竭盡全力呼叫，直到嗓子都叫啞了才停下來。

「恐怕沒什麼用，」威布蘭沮喪地說，「我們離地面太遠，而且我想門縫都被堵住了。話說回來，要是外面能聽到，那個畜生絕對會塞住我們的嘴巴。」

「噢，」芙蕾達說，「都是我不好。我連累了你。」

「小姐，別為這種事煩惱了。我擔心的是你。以前我也曾遇過絕境，最後也脫險了。照那條水柱流進來的速度研判，最糟糕的情況還早得很呢。」

「你真了不起！」芙蕾達說，「我從未遇過你這樣的人……除了在小說裡面。」

「傻瓜，只不過是稍微動點腦筋罷了。現在，我必須解開這些可惡的繩子。」

威布蘭又扭又扯，過了十五分鐘後，他滿意地覺得繩子鬆了許多。他拚命低下頭，抬起手腕，直到他能用牙齒咬那些繩子的結頭。

他的手終於鬆開了，剩下的只是時間問題。雖然渾身痠痛僵硬，但總算自由了。他俯身向女孩爬去，很快地她也鬆綁了。

這時候，水才剛到他們的腳踝上。
「來吧，」威布蘭說，「我們趕快離開這兒。」
幾級樓梯上面就是地下室的門。威布蘭少校查看了一下。
「這沒什麼難的，」他說，「門並不結實，很快就能把門從鉸鏈那兒撞開。」
他用肩膀使勁地撞了幾下，就聽見木頭碎裂的聲音。一聲巨響，鉸鏈脫開了，門倒在地上。
門外是一段樓梯。樓梯盡頭又有一扇門——這回可不一樣了——是一扇堅實的木門，而且還安裝著鐵門。
「這就有點難了，」威布蘭說，「嘿，你看，我們真是走運，它居然沒上鎖。」
他把門推開，探頭出去張望，然後示意女孩跟上來。他們來到廚房後面的一條通道。沒多久，他們已經站在通往馮賴爾路的階梯前。
「噢！」芙蕾達抽噎著。「好可怕啊！」
「可憐的寶貝，」他用雙臂擁住她。「你勇敢極了。芙蕾達，我的天使，你能不能……我是說，你會不會……我愛你，芙蕾達。你願意嫁給我嗎？」
芙蕾達的答案令威布蘭欣喜萬分。過了一會兒，他又笑著說：「還有一件事，那個關於寶藏的文件仍在我們手上。」
「可是，他們已經從你那兒把它奪走了！」

少校得意地笑了。

「這件事他們剛好失手了！你看，我畫了一份假的，來這兒找你之前，我把真的那份放在信裡寄給我的裁縫了。他們拿到的那份是假的。祝他們好運！你猜接下來我們要幹什麼，寶貝？我們要去東非度蜜月，去尋找我們的寶藏。」

§

帕克・潘先生離開他的辦公室，往上爬了兩層樓。在這棟樓頂層的某個房間裡坐著奧利薇夫人，她是轟動一時的小說家，現在是潘先生工作團隊的一員。

帕克・潘先生敲了敲門，走進了房間。奧利薇夫人坐在桌前，桌上有一台打字機、幾本記事簿及四下散放的手稿，還有一大袋蘋果。

「一個很好的故事，奧利薇夫人。」帕克・潘先生愉快地說。

「事情成功了？」奧利薇夫人問道，「我很高興。」

「關於那個『水淹地下室』的把戲，」帕克・潘先生說，「你是否覺得下次換點更獨特的方法……也許比較好？」他用商量的口氣說道。

奧利薇夫人搖了搖頭，從袋子裡掏出一顆蘋果。

「我不這麼認為，潘先生。你知道，人們常常讀到這樣的故事。地下室漸漸漲滿了水、毒氣，諸如此類。親身經歷到書上讀過的事情時，通常會感到更加刺激。民眾的心態是保守的，潘先生，他們喜歡老掉牙的把戲。」

「好吧，我想你是對的。」

帕克・潘先生沒忘記這位女作家擁有暢銷英美的四十六本小說，而且被翻譯成法、德、義大利、匈牙利、芬蘭、日本和阿比西尼亞等多國語言。

「費用如何？」

奧利薇夫人拿來一張紙。

「大致上來說，花費很少。那兩個黑人柏西和傑瑞，他們要的很少。楊格・洛里默……那個扮演瑞德先生的演員，拿的報酬是五基尼。地下室裡的那段話是事先錄好的。」

「白馮賴爾對我來說一直很好用。」潘先生說，「我沒花多少錢就買下它，而且在那兒已經上演了十一齣好戲。」

「噢，我忘了，」奧利薇夫人說，「小約翰的報酬。五先令。」

「小約翰？」

「是的。那個拿水桶往地下室灌水的男孩。」

「啊，是的。對了，奧利薇夫人，你怎麼會懂史瓦希里文的？」

「我不懂。」

「我明白了。是大英博物館提供的資料嗎？」

「不是，是戴富奇情報局。」

「現代商業的競爭可真是厲害！」他喃喃道。

「唯一讓我擔心的是，」奧利薇夫人說，「那兩個年輕人到那兒之後，不會找到任何寶藏。」

「凡事不可能一帆風順，」帕克．潘先生說，「到那時候，他們已經蜜月了一段時間。」

§

威布蘭太太坐在一張躺椅上。她的丈夫正在寫信。

「今天幾號了，芙蕾達？」

「十六號。」

「十六號，天哪！」

「怎麼了，親愛的？」

「沒什麼，我只是想起一個叫瓊斯的人。」

無論婚姻如何幸福，有些事還是不能說。

「可惡，」威布蘭少校心裡想，「我應該把我的錢要回來。」但身為正直的男人，他又看到問題的另一面。「話說回來，是我自己違背了約定。要是我去見了那位瓊斯，也許真的會有什麼事情發生。但是話又說回來，要不是我準備去見那位瓊斯，我就不會聽見芙蕾達呼救，我們也許永遠不會相遇。所以，間接來說，也許他們有權拿那五十英鎊！」

威布蘭太太也在想自己的事：「我真是個小傻瓜，居然會相信那個廣告，付了那些傢伙三基尼。當然了，他們什麼也沒做，什麼事也沒發生。要是我早知道接下來會發生什麼事……先是瑞德先生，然後是查理那麼突然而浪漫地走進我的生活……想想看，要不是機緣巧合，我也許根本不會遇見他！」

她轉過身，充滿愛慕地對丈夫微笑。

03

痛苦女士的個案

Parker Pyne Investigates

帕克・潘先生桌上的鈴響了。

「什麼事？」這位超凡的男人問道。

「一位年輕女士想要見你。」他的祕書說，「她沒有事先預約。」

「你可以請她進來，拉蒙小姐。」

過了一會兒，他已經和來訪者握手。

「早安，」他說，「請坐。」

那位年輕女士坐下來看著帕克・潘先生。她是個年輕漂亮的女孩，留著一頭深色鬈髮，在頸背上還捲成一排。頭上的白色針織帽，腳上的網眼絲襪，以及樣式典雅的皮鞋，一身裝扮將她襯托得美麗動人。但是一眼就看得出來她十分緊張。

「你是帕克・潘先生？」她問道。

「我是。」

「那個……登廣告的人？」

「我就是那個登廣告的人。」

「你說如果人們不……不快樂……可以，可以來找你。」

「是的。」

她把心一橫。

「好吧，我非常不快樂，所以我想不妨過來……過來看看。」

帕克．潘先生等待著下文，他感覺到她還有更多的話要說。

「我，我陷入了可怕的麻煩。」她緊張地絞著雙手。

「我看得出來。」帕克．潘先生說，「可以告訴我怎麼回事嗎？」

看來，這正是女孩所猶豫不決的事。她緊張兮兮地死盯著帕克．潘先生。突然間，她有如連珠炮般說了下去。

「是的，我會告訴你。現在我下定決心了。我擔心得快瘋了，不知道該怎麼辦，該去找誰幫忙。然後我看見你的廣告。心想，也許這只是個騙局，但它總在我的腦子裡徘徊不去。不知為什麼，它的廣告詞聽起來那麼讓人安心。接著我想，好吧，來看看又沒什麼壞處。我一定可以找個藉口走掉，如果我不……嗯，它不……」

「是啊，是啊。」帕克．潘先生說。

「你知道的，」女孩說，「這意味著……呃，得去信任某人。」

「你覺得你可以信任我？」他微笑著問道。

「這真是奇怪，」女孩並未意識到自己的無禮。「但我的確這麼覺得。我甚至一點也不了解你！但我毫不懷疑自己可以信任你。」

「我可以向你保證，」潘先生說，「你的感覺完全正確。」

「那麼，」女孩說，「我會告訴你是怎麼回事。我叫黛芬妮．聖約翰。」

「啊，聖約翰小姐。」

「是太太。我……我結婚了。」

「啐！」潘先生輕罵了一聲，注意到她左手無名指上的白金指環，並對自己十分惱怒。

「我真蠢。」

「如果我還沒結婚，」女孩說，「也不至於會這麼擔心。我是說，這件事就不會那麼糟糕。一想到傑拉德……好吧，就是這個，所有的煩惱都是由這個東西所引起的！」

她探手到她的皮包裡，拿出一件東西扔在桌上。那東西亮晶晶地閃著光，一直滾到帕克．潘先生面前。

那是鑲嵌著一顆大鑽石的白金戒指。

潘先生撿起它，拿到窗前在玻璃上面劃一劃，又拿出珠寶商專用的放大鏡細細端詳。

「一顆品質超群的鑽石，」他回到桌前評價道，「我敢說至少值兩千英鎊。」

「是的。可是它被偷了！是我偷的！而且我不知道該怎麼辦。」

「我的天啊！」帕克．潘先生說，「這件事聽起來很有意思。」

他的顧客忍不住嗚咽起來，拿出一條顯然不夠用的小手帕不停地擦著眼睛。

「好了，好了，」潘先生說，「問題總會解決的。」

女孩擦乾眼淚，吸了吸鼻子。

「是嗎？」她說，「噢，真的嗎？」

「那是當然囉。好吧，告訴我到底是怎麼回事。」

「都是因為我前些日子手頭有些拮据的緣故。你知道，我很會花錢，而傑拉德總是為這個原因生氣。傑拉德是我丈夫。他比我大好多歲，他非常強調……嗯，克勤克儉的觀念。他覺得欠債是件可怕的事情，所以我沒敢告訴他。後來我和幾個朋友一起去賭場，我想說不定我能贏些錢來還債以擺脫困境。剛開始我是贏了，然後又輸了，接著我想我一定得繼續賭下去。所以我就一直賭，然後，然後……」

「我明白了，我明白了。」帕克．潘先生說，「你不用把細節全部說出來。結果你的處境更糟了，是不是這樣？」

黛芬妮．聖約翰點了點頭。

「你知道，當時我根本不敢告訴傑拉德，因為他痛恨賭博。噢，那真是一團糟。後來，我們在柯伯姆附近的杜瑟默家住了一段日子。他們的錢多得令人咋舌。他的太太娜歐米曾經是我的同學。她很漂亮又討人喜歡。我們待在那兒時，這枚戒指的指環鬆了。我們要走的那天，她請我把它帶到城裡交給龐德街的首飾匠。」她頓住了。

「現在要說到困難的部分了？」潘先生幫了她一把。「請繼續吧，聖約翰太太。」

「你不會說出去吧？」女孩懇求道。

「保護客戶的祕密是我最神聖的職責。而且不管怎麼說，聖約翰太太，你已經告訴我這麼多了，我大概都可以自己來完成這個故事。」

「確實如此。好吧，不過我討厭提起這件事……聽起來實在是太糟了。我去了龐德街。

那兒還有一家叫『維羅』的店。他們……他們專門仿製珠寶。我突然昏了頭，把那枚戒指拿進去，說我想要一個一模一樣的仿製品；我說我要出國，不想帶真的珠寶在身上。他們好像覺得這個理由很合理。

「於是，我拿到了仿製品。它和真的簡直就是一模一樣，你根本沒辦法把它和真品區分開來。我把它用掛號信寄給杜瑟默夫人。我用了一個刻有那位珠寶匠名字的盒子，所以一切都像是真的，我還做了一個看起來十分專業的包裹。然後我……我當掉那個真的珠寶。」她把臉埋進她的手裡。「我怎麼會這麼做呢？我怎麼會這樣呢？我是一個低級、卑劣、庸俗的小偷。」

帕克・潘先生咳了兩聲。

「你還沒有說完吧？」他說。

「是的，還沒說完。你知道，這差不多是六個星期以前的事。我還清了所有債務，但是當然了，我心裡一直很不舒服。後來我的一個老堂哥死了，留給我一些錢。我做的第一件事，就是贖回那枚可惡的戒指。嗯，這倒不是什麼難事，這就是那枚戒指。但是先前發生了一件麻煩事。」

「說來聽聽？」

「我們和杜瑟默家發生了爭吵，起因是魯本爵士說服傑拉德買了一些股票。傑拉德在這些股票上面損失慘重，一氣之下對魯本爵士說了些重話。噢，這真是糟透了！到了這種地步，你知道，我已沒辦法把戒指還回去。」

「你不能以匿名的方式寄回去嗎？」

「那就全穿幫了。她會查驗她的那枚戒指，當她發現那是假貨時，就會猜到我的所作所為。」

「你說她是你的朋友。難道你不能告訴她整件事的真相，然後請求她的原諒？」

聖約翰太太搖了搖頭。

「我們的關係還沒有到那種程度。只要涉及金錢或珠寶，娜歐米就會變得冷酷無情。如果我把戒指還回去，也許她不會控告我，但她會把我做的事告訴每一個人，那樣我的名聲就會毀於一旦，傑拉德也會知道。他不會原諒我的。噢，事情真是糟透了！」她又哭了起來。

「我一想再想，還是不知道該怎麼辦。噢，潘先生，你有什麼法子嗎？」

「辦法倒有一些。」帕克．潘先生說。

「你有辦法？真的？」

「當然。我建議你採取最簡單的方式，因為根據我的經驗，最簡單的方法往往是最好的辦法，它可以避免不必要的麻煩。儘管如此，我能理解你的難處和顧慮。到目前為止，除了你以外，沒有別人知道這件不幸的事情嗎？」

「還有你。」聖約翰太太說。

「噢，我不算在內。好，也就是說，目前你的祕密還是安全的。我們所要做的，就是神不知鬼不覺地把戒指換回來。」

「就是這樣。」女孩急切地說。

「那不會太難。我們需要一些時間來尋找最好的方案……」

她打斷他的話。

「已經沒有時間了！這就是為什麼我快急瘋了。她正打算重新鑲嵌這枚戒指。」

「你怎麼知道？」

「是在偶然的機會下。有一天我和一位女士一起吃午飯，我誇她戴的戒指漂亮，那是一枚大翡翠戒指。她說這是最新潮的設計，接著又說，娜歐米・杜瑟默也要把她的鑽石戒指按這個款式重新鑲嵌。」

「這意味著我們必須盡快行動。」潘先生若有所思地說，「也就是說，我們必須設法進入那棟房子，而且盡量不是以卑微的身分受邀。傭人是沒有什麼機會接觸昂貴的鑽石戒指。你有什麼主意嗎，聖約翰太太？」

「嗯，娜歐米要在星期三開舞會。我那位朋友提到她在找幾個可以表演的舞者。我不知道他們是否已經找到人……」

「我想這可以辦得到，」帕克・潘先生說，「只不過如果他們已經找到人，就得多花一點錢。還有一件事，你知道他們家的電燈總開關在哪兒嗎？」

「我剛好知道，因為有天夜裡傭人們都休息之後，保險絲突然斷了。在門廳背後一個小櫃子裡。」

在帕克．潘先生的要求下，她畫了一幅圖給他。

「好了，」帕克．潘先生說，「一切都會解決的，不用再擔心了，聖約翰太太。這枚戒指怎麼辦？是放在我這兒，還是你願意自己保管到星期三？」

「嗯，也許我還是留著好了。」

「不要再煩惱了，好嗎？」帕克．潘先生命令道。

「那麼你的收費是……」她怯生生地問道。

「先不提這個。星期三我會把一切必要的花費都告訴你。我們的服務費非常低廉，請你放心。」

他送她到門口，然後摁了桌上的按鈕。

「叫克勞德和瑪德琳到我這兒來。」

克勞德．盧特瑞是全英格蘭靠女人混飯吃的男人當中最英俊的牛郎，而瑪德琳．狄薩拉是引誘男人的蕩婦中最有魅力的交際花。

帕克．潘先生用滿意的眼光打量著他們。

「我的孩子們，」他說，「有一項工作要你們來完成。你們要扮成國際知名的舞者。現在，好好地準備準備，克勞德，而且一定要做好……」

§

杜瑟默夫人對舞會的籌備工作非常滿意。她審視了花飾的擺放位置，並表示滿意，又對管家下了最後指令，然後對丈夫表示到目前為止還算一切順利。

但讓人失望的是，剛才接到一通電話，說那兩位「紅司令」的舞蹈演員邁克和黃妮塔，在最後時刻因黃妮塔扭了腳踝不能前來履行合約了。不過，會有兩名在巴黎轟動一時的舞者來取代他們。

舞者準時來了，杜瑟默夫人表示滿意。舞會進行得很順利。朱爾斯和桑琪亞表演的舞姿的確讓人心醉神馳！一首奔放的西班牙圓舞曲，然後是一個叫作「墮落者之夢」的舞蹈。再接下來是令人眼花撩亂的現代舞表演。

舞蹈表演結束後，大家開始跳舞。英俊的朱爾斯邀請杜瑟默夫人共舞一曲。他們翩翩起舞，杜瑟默夫人從未遇過這樣完美的舞伴。

魯本爵士正忙著四處尋找那位撩人心魂的桑琪亞。她不在舞廳裡。

事實上，她正站在外頭空無一人的門廳裡，身旁有個小盒子，雙眼緊盯著自己手腕上那塊鑲著寶石的手錶。

「你不是英國人，你不可能是英國人。英國人不可能跳得像你這麼好。」朱爾斯在杜瑟默夫人耳邊輕語，「你是個精靈，風之精靈。Droushcka petrovka navarouchi。」

「這是哪國語言？」

「俄語。」朱爾斯隨口扯道，「我用俄語來說出我不敢用英語對你說的話。」

杜瑟默夫人閉上了雙眼。朱爾斯將她擁得更緊了。

突然燈全都滅了，四周一片漆黑。在黑暗中，朱爾斯彎腰親吻了她放在他肩上的那隻手。當她終於振作精神努力把手抽回來時，他握住了它，將它舉到唇邊再次親吻。不知怎麼的，一枚戒指從她手指上滑落到他手裡。杜瑟默夫人覺得轉眼之間燈又全亮了。朱爾斯正對著她微笑。

「你的戒指，」他說，「滑下來了。我可以為你戴上嗎？」

他把戒指戴回她的手指上，眼中閃爍著難以捉摸的光芒。

魯本爵士走過來，談著那個電燈主開關。

「我猜是哪個白癡幹的吧，想來個惡作劇。」

杜瑟默夫人對此不感興趣。那短短幾秒鐘的黑暗令人感覺十分美妙。

§

帕克・潘先生星期四早晨到辦公室的時候，聖約翰太太已經在那兒等他了。

「請她進來。」潘先生說。

「怎麼樣？」她滿心焦急。

「你看起來氣色不好。」他語帶責怪。

她搖了搖頭。

「我昨天晚上根本睡不著，我一直在想……」

「這兒是一些必要開銷的帳單。火車票、服裝，還有給邁克和黃妮塔的五十英鎊。總共六十五英鎊十七先令。」

「好，好。可是昨天晚上……一切都順利嗎？事情辦妥了？」

帕克．潘先生驚訝地看著她。

「親愛的女士，當然一切順利。我以為你應該知道的。」

「我真是鬆了一口氣！我一直在擔心……」

帕克．潘先生責怪地搖搖頭說：「我們這個行業是不許失敗的。如果我認為沒有成功的把握，我會拒絕接受委託。如果我接受了，成功便是一個可以預見的結果。」

「戒指真的已經還給她了？她一點也沒有懷疑？」

「一點也沒有。可以說是神不知鬼不覺。」

黛芬妮．聖約翰鬆了口氣說道：「我總算是放下一塊大石頭。你剛才說費用是多少？」

「六十五英鎊十七先令。」

聖約翰太太打開皮包拿出錢來。帕克．潘先生向她道謝，並開了一張收據。

「但是你的服務費呢？」黛芬妮奇怪道，「這只是開銷的一部分。」

「在這種情況下我不收取服務費。」

「噢，潘先生！不能這樣，真的！」

「親愛的小姐，我堅持如此。我不會拿一分錢的。這會違背我的原則。這是你的收據，而這個……」

像一位快樂魔術師表演一個成功魔術似的，他面帶微笑從口袋裡拿出一個小盒子，然後從桌上推了過去。黛芬妮打開它，那裡頭躺著那枚怎麼看都像真貨的冒牌鑽石戒指。

「可惡的東西！」聖約翰太太朝它做了個鬼臉。「看了就叫我生氣！真想把它從窗口扔出去。」

「我可不會那麼做，」潘先生說，「大家會嚇一跳的。」

「你確定這不是真的戒指？」黛芬妮問道。

「不是，當然不是！那天你拿給我看的那枚戒指已經物歸原主了。」

「那麼一切都解決了。」黛芬妮高興地站起來。

「怪了，你居然問我這件事，」帕克．潘先生說，「當然啦，克勞德那個傢伙沒什麼腦筋。他很可能會把它們搞混。所以為了保險起見，今天早上我特地請一位專家來檢驗一下。」

聖約翰太太突然一屁股坐在椅子上，問道：「噢！那他怎麼說？」

「他說這是一個絕妙的仿製品。」帕克．潘先生樂呵呵地說，「是一流高手的傑作。你總算能完全放心了吧？」

聖約翰太太開口想說些什麼，卻又打住了。她瞪著帕克．潘先生。

潘先生重新坐到桌後的位子上，慈祥地看著她。

「從火裡抓栗子的貓，」他像是在夢囈。「令人討厭的角色。抱歉，你剛才說什麼？」

「我……不，什麼也沒說。」

「好吧，我講一個小故事給你聽，聖約翰太太，這是關於一位年輕女士的故事。有一位金髮女郎，我想她沒有結婚。她不姓聖約翰，也不叫黛芬妮。她的姓名是萼絲汀．理查茲，而且直到最近，她一直是杜瑟默夫人的祕書。

「怎麼說呢，有一天，杜瑟默夫人一枚鑽石戒指的指環鬆了，理查茲小姐把它拿到城裡，忽然起了某個念頭，她請人仿製了那枚戒指。然而，她是一位有遠見的小姐。她知道總有一天杜瑟默夫人會發現戒指被換成贗品。到那時候，她會想到是誰把它拿到城裡修護，這麼一來，理查茲小姐就會受到懷疑。

「那該怎麼辦？首先我猜，理查茲小姐花錢買了一頂假髮——七號髮型，我想……」他像是一無所知地看著他客人的鬈髮。「是深棕色。然後她來找我，拿那枚戒指給我看，讓我確信那是個真品，因而解除了我的懷疑，但後來又安排了一個掉包的計畫。那位小姐把戒指交給珠寶匠，及時還給了杜瑟默夫人。

「昨天傍晚在滑鐵盧車站，另一枚戒指，也就是那個贗品，在最後一分鐘被人匆匆忙忙地送到我們手上。沒錯，理查茲小姐沒把盧特瑞先生或許是個珠寶行家的可能性考慮在內。但為了讓我自己放心，也確定一切光明正大，所以我安排一個朋友在車上等候，他是一位珠寶商。他看了看那枚戒指，立刻斷言道：『這不是真正的鑽石，這是一個高明的仿製品。』

「你當然明白事情的關鍵所在了，聖約翰太太？當杜瑟默夫人發現她的戒指被掉了包，她會怎麼想？那位年輕的舞者，當燈熄滅時曾經把她的戒指弄下來！她會進行調查，然後發現原先要來表演的舞者受人賄賂而沒來履約。如果事情追蹤到我這裡，我那個什麼聖約翰太太的故事聽起來一點說服力也沒有。杜瑟默夫人根本不認識什麼聖約翰太太。這故事像個蹩腳的謊言。

「現在你可以理解了吧？我不能容許這種事發生！因此我的朋友克勞德，把他從杜瑟默夫人手上拿下來的那枚戒指又為她戴了回去。」帕克．潘先生的微笑沒那麼慈祥了。

「你明白我為什麼不能收費了吧？我保證讓顧客得到快樂。顯然我沒能讓你感到快樂。我再說一句話就好：你很年輕，也許這是你第一次嘗試做這種事。而我呢，恰好相反，年紀比你大，而且在資料統計方面有一段相當豐富的經驗。根據我的經驗，我向你保證，百分之八十七的情況下欺騙都是沒有好下場的。百分之八十七，想想看吧！」

那位假聖約翰太太倏地站了起來。

「你這個老滑頭！」她說，「你慫恿我上當！還讓我付錢！而且一直……」

她噎住了，準備向門口衝去。

「你的戒指。」帕克・潘先生說，把它拿起來遞給她。

她一把抓了過去，朝它看了一眼，猛地把它從窗口扔了出去。

門砰地一響，她走了。

帕克・潘先生饒有興味地向窗下望去。

「正如我猜想的。」他說。

戒指的確引起不小的騷動，那個賣雜貨的先生還不知道該拿它怎麼辦呢。

04

煩心丈夫的個案

Parker Pyne Investigates

毫無疑問，帕克・潘先生所擁有的長處之一，便是極富同情心。這是一種能讓別人對他產生信賴感的態度。只要顧客一踏進他的辦公室，他就已經了解顧客遭遇到何種性質的困境。他所需要做的，就是為必要的解釋鋪路。

這天早上，他正坐在桌邊面對一位新的顧客——雷金納・韋德先生。他立刻發現韋德先生不善言辭，這種人拙於用言語來表達感情。

他是個高大健壯的男人，有一雙柔和悅目的藍眼睛，皮膚曬成健康的棕色。他一邊心不在焉地摸著一撇小鬍子，一邊可憐巴巴像隻不會說話的動物沉靜地看著帕克・潘先生。

「看到你的廣告，」他結結巴巴地說，「想想來瞧一瞧也好。看起來是有點古怪，但也不算是不好，對吧？」

帕克・潘先生十分理解這些聽起來莫名其妙的話。

「人們遇上困境時，總願意冒點風險。」他說。

「就是這樣。就是這樣，完全正確。我願意冒風險……任何風險都行。我目前的情況很糟糕，潘先生。我不知道該怎麼辦。很困難，你知道，非常困難。」

「那麼，」潘先生說，「這就是我能幫你的地方。我知道該怎麼辦！我是解決各種麻煩的專家。」

「噢，依我看……你的說法有點誇張！」

「這並不誇張！人們的煩惱可以分成幾大類。有的是因為疾病，有的是因為生活乏味無聊，有的妻子因為丈夫而煩惱，也有的丈夫……」他頓了頓。「因為他們的妻子而煩惱。」

「事實上，你說對了，你說的完全正確。」

「告訴我怎麼回事。」潘先生說。

「也沒什麼好說的。我妻子想和我離婚，她想嫁給另外一個傢伙。」

「這很常見。至於你，我推測，和她的想法不一樣？」

「我喜歡她。」韋德先生簡單地說，「你知道，我喜歡她。」

一句簡單又有些平淡的陳述，但就算韋德先生說「我崇拜她。我崇拜她所踏過的土地，為她粉身碎骨我也心甘情願」，對帕克．潘先生而言，那也不會比「我喜歡她」那幾句話更能點明問題。

「但是那又如何呢？你知道的，」韋德先生接著說，「我又能怎麼辦？我是說，當一個男人是很無奈的。如果她更喜歡另一個男人，你就不得不像個男子漢大丈夫主動退出，把她讓給別人。」

「你是說，你容許她和你離婚？」

「當然。我不能讓她鬧上離婚法庭。」

潘先生若有所思地看著他。

「但是你卻來找我，為什麼？」

那男人不好意思地笑了笑。

「我也不知道。我不是個聰明人，我想不出什麼辦法。我想你也許可以……對這件事提些建議。你知道，我還有六個月的時間。她同意再等六個月。如果六個月後她仍然要離婚，好吧，那我就走人。我想你也許能給我一點啟示。現在無論我怎麼做，都只會讓她生氣。

「聽我說，潘先生，事情是這樣的：我不是聰明人！我喜歡打球。我喜歡打一場高爾夫球，或是一盤網球。我對音樂、美術之類的東西一竅不通。我的妻子卻很聰明。她喜歡看畫展、聽歌劇或音樂會，所以她當然覺得我乏味透了。那個傢伙——邋裡邋遢、留著長頭髮的傢伙——他懂那些東西，能談論那些東西。我不能。從某種程度來說，我可以理解一個聰明、美麗的女人會對我這樣一個混球感到難以忍受。」

帕克．潘先生哼了一聲。

「你結婚有……多久了，九年了？我相信你從一開始就抱著這種態度。你錯了，親愛的先生。很嚴重的錯誤！絕對不要對一個女人抱有自愧不如的態度。她會用你看待自己的評價來對待你——你這叫作活該。你應該以你運動方面的才能感到驕傲。你應該不屑地把美術和音樂那種東西視為『我妻子喜歡的無聊玩意』。你應該對她不能把球打好表示同情。你的態度太謙卑了，親愛的先生，這會是婚姻的障礙！沒有一個女人能經受這樣的考驗。難怪你的妻子不願意再繼續這場婚姻了。」

韋德先生滿臉迷惑地看著他。

「好吧，」他說，「那你認為我應該怎麼做？」

「這當然是問題所在。不管九年前你應該怎麼做，現在都已經太晚了。我們需要採取新的策略。你曾和其他女人有過密切交往嗎？」

「當然沒有。」

「也許我應該這麼說……哪怕是一點曖昧關係？」

「我從不拿正眼注意女人。」

「錯了。從現在開始你必須這麼做。」

韋德先生看起來疑心重重，他說道：「噢，聽我說，我不能這樣。我是說……」

「這不會給你帶來任何麻煩。我的屬下會和你共同完成這項工作。她會告訴你該怎麼做，而你對她所表現的關注，哪怕是只有一絲一毫的關注，她都會視為出於工作的需要。」

韋德先生鬆了一口氣。

「這樣就好多了。但你真的認為……我是說，在我看來，這會讓艾莉絲更想離開我。」

「你不了解人性，韋德先生，而且你更不了解女人。以一個女人的眼光來看，你目前不過是個窩囊廢，沒有人想要你。一個女人幹嘛要一件沒人要的東西？一點用處也沒有。但讓我們換個角度來看。假設你的妻子發現你也像她一樣希望重新獲得自由？」

「那她應該會很高興。」

「她應該……也許吧，但其實她不會高興！不但如此，她會發現一位迷人的小姐被你所吸引——一位有本錢東挑西選的年輕女子。馬上你的價值就提高了。你的妻子知道，她的朋友會說你是為了和一位更迷人的小姐結婚而拋棄了她。這會讓她很難堪。」

「你這麼認為？」

「我敢確定。你再也不會是『可憐的老雷』，你會成為『滑頭小雷』。這之間絕對是天差地別！她不會放棄這個男人，毫無疑問她會試圖把你搶回來。她不會成功的，因為你很理智，不斷用她說過的那些話來回答她。『還是分手的好』、『性格不合』。你會明白她說的那些話都正確——你從來都不了解她，而且她也從未了解過你。不過現在，我們不用說得那麼詳細，時機到的時候我們會給你詳細的指示。」

韋德先生看起來仍然滿心疑慮。

「你真的認為這個方案會有效？」他懷疑地問。

「我不敢說它百分之百會成功，」帕克．潘先生謹慎地說，「有一種極小的可能，就是你的妻子確實不可救藥地愛上那個男人，無論你怎麼說或怎麼做都無法讓她回心轉意。但我想那不太可能。她也許是出於厭倦才和那個男人在一起……厭倦你那種毫無怨言的奉獻，還有你那不理智的死心塌地。如果你按照我的指示去做，我敢說成功的機會有百分之九十七。」

「好，」韋德先生說，「我照你的話去做。對了，呃……多少錢？」

「我收的服務費是兩百基尼，預先支付。」

韋德先生拿出了支票簿。

§

午後的陽光下，洛里默球場顯得生氣勃勃。艾莉絲・韋德靠在一張躺椅上，模樣十分引人注目。她穿著淺紫色的服裝，臉上的妝化得很有技巧，使她看起來一點也不像三十五歲的女人。

她正在和朋友馬辛頓夫人聊天。她常常能和馬辛頓夫人達到共識。兩位夫人都對她們的丈夫成天只知道談論股票和高爾夫球感到厭煩。

「因此人們只能學會得過且過。」艾莉絲總結道。

「你說得對極了，親愛的，」馬辛頓夫人說，但接下來那句話她加得太快了。「告訴我，那個女孩是誰？」

艾莉絲愛理不理地聳聳肩。

「我可不知道！是雷金納找來的。她是雷金納的小朋友！真是可笑。你知道他從不正眼看女孩子。他來找我，支吾了半天，結結巴巴的，最後終於說他想請這位狄薩拉小姐來過週末。當然我馬上就樂不可支了……我實在是忍不住。你想想看，我們家的雷金納耶！好啦，她就這麼來了。」

「他在哪兒認識她的？」

「我不知道。他說得不清不楚。」

「也許他認識她有一段時間了。」

「噢，我不這麼認為。」韋德夫人說，「當然啦，」她繼續說：「我很高興，真的很高興。我是說，既然這樣，對我而言事情就容易多了，因為我一直在為雷金納難過，他是一個大好人。我一直對辛克萊說……這會讓雷金納非常痛苦。但他堅稱雷金納很快就會忘了這一切；看來他是對的。兩天前雷金納好像心都碎了……而現在呢，他要請這個女孩過來玩！正如我說的，這真是讓我高興。我喜歡看到雷金納過得快快樂樂的。我猜那個可憐的傢伙大概還以為我會嫉妒吧。多可笑的念頭！『當然沒問題，』我說，『讓你的朋友過來玩吧。』可憐的雷金納，他還以為那樣的女孩會真的喜歡他。她只不過是想找點樂子罷了。」

「她非常迷人，」馬辛頓夫人說，「幾乎美得有點過火，如果你懂我的意思。那種女孩只知道引誘男人。不知為什麼，我覺得她不是什麼好女人。」

「也許不是。」韋德夫人說。

「她的衣服很漂亮。」馬辛頓夫人說。

「你不覺得太花稍了嗎？」

「但是非常昂貴。」

「俗氣。她看起來太俗氣了。」

「他們過來了。」馬辛頓夫人說。

§

瑪德琳・狄薩拉和雷金納・韋德正穿過草地向這邊走來。他們又說又笑，看起來非常快樂。瑪德琳一屁股坐在一張椅子上，摘下運動帽，撩了撩她那頭漆黑濃密的長髮。

無可否認，她的確十分美麗。

「這個下午過得真是刺激！」她叫道，「快熱死我了。我看起來一定狼狽極了。」

雷金納・韋德在她暗示下緊張地開了口。

「你看起來……看起來……」他尷尬地笑了一聲。「我可不會這麼說。」

瑪德琳的目光和他相遇，她的眼神中包含著對他充分的了解。馬辛頓夫人警覺地注意到這一點。

「你應該去玩玩高爾夫，」瑪德琳對女主人說道，「你錯過了好多東西。為什麼不試試呢？我有個朋友試著學學看，後來玩得滿上手的，而且她比你大了很多歲。」

「我不喜歡這些東西。」艾莉絲冷冷地說。

「你不擅長運動吧？多麼不幸啊！這讓人覺得跟不上潮流。不過說真的，韋德夫人，現在的教練功力那麼高，幾乎任誰都能學得很好。去年夏天我的網球水準就提高了一大截。當然啦，我的高爾夫球就打得糟糕透了。」

「胡說！」雷金納說，「你只需要有人點撥一下。瞧你今天下午打出那麼多好球。」

「因為有你教我怎麼打呀。你是個好老師。很多人壓根就不知道怎麼教，但你有這個本事。能成為像你這樣的人真好……任何事你都做得到。」

「胡說。我沒什麼好本事……一點用處也沒有。」雷金納被搞糊塗了。

「你一定非常為他感到驕傲。」瑪德琳轉過去對韋德夫人說，「這些年你是怎樣看住他的？你一定非常聰明。或者，你是把他藏起來了？」

她的女主人沒回答，然而她拿書的那隻手有點顫抖。

雷金納說要換衣服，然後就離開了。

「謝謝你讓我到這兒來玩。」瑪德琳對韋德夫人說，「有些女人對丈夫的朋友總是疑心重重。我覺得嫉妒心真是可笑，你說呢？」

「我也這麼想。我絕對不會為雷金納嫉妒的。」

「你真是太偉大了！因為誰都看得出來，他是個對女人充滿吸引力的男人。當我聽說他已經結婚時，真是覺得青天霹靂啊。為什麼有魅力的男人都那麼早結婚呢？」

「我很高興你覺得雷金納很有吸引力。」韋德夫人說。

「對啊，他的確是，不是嗎？這麼英俊，又這麼擅長運動，還有那種對女人好像不屑一顧的態度。那樣只會讓我們更喜歡他。」

「我想你一定有許多男性朋友吧？」韋德夫人說。

「噢，是的。比起女人，我更喜歡男人。從來沒有一個女人真正對我好過。我不明白這是為什麼。」

「也許是因為你對她們的丈夫太好了。」馬辛頓夫人咯咯笑了兩聲。

「嗯，有時候我真為別人感到難過。有這麼多男人不得不和乏味的妻子生活在一起。你知道的，就是那些所謂『有藝術氣質、高品味』的女人。當然啦，男人是會想找些年輕可愛的美眉說說話。我認為現代的婚姻觀念很明智。趁你還年輕的時候，找個與自己興趣相投的人一起重新開始。我是說，那些『高品味』的妻子也許會找個長頭髮的傢伙重新來過，由於志趣相投，這樣的生活必能使她們滿意。我覺得減少損失重新開始是個好主意，你說呢，韋德夫人？」

「那當然。」

瑪德琳似乎感覺到氣氛有些冷淡。她表示要換衣服喝下午茶，然後也離開了。

「這些年輕女孩真是令人討厭，」韋德夫人說，「一點內涵也沒有。」

「至少她確定了一件事，艾莉絲，」馬辛頓夫人說，「那個女孩愛上了雷金納。」

「胡說八道！」

「才沒有。剛才我看到她瞧他的那種眼神，她才不在乎他是不是結婚呢。她要把他占為己有。真令人作嘔。」

韋德夫人沉默了一會兒，然後乾笑了兩聲。

「話說回來，」她說，「那又怎麼樣？」

一會兒韋德夫人也上樓去了。她丈夫正在房裡換衣服，還哼著歌。

「很快活嘛，親愛的？」韋德夫人問道。

「噢，呃……還好啦。」

「我很高興。我希望你能快樂。」

「是的，我過得還不錯。」

雷金納．韋德並不擅長演戲，但他那種因為自覺在演戲而不時產生的尷尬卻恰好歪打正著。他不敢看妻子的眼睛，兩人交談時他會膽戰心驚。他感到可恥，他討厭裝模作樣的把戲。但沒有什麼能比他這個樣子產生更好的效果了。他看起來就是一副作賊心虛的模樣。

「你認識她有多久了？」韋德夫人突然問道。

「呃，你說誰？」

「當然是狄薩拉小姐。」

「呃，我也不知道。我想是……有一段時間了。」

「真的？你從沒提過她。」

「我沒有嗎？我想我忘了。」

「忘了！」韋德夫人說。只見紫裙子一閃，她就走開了。

吃過茶點之後，韋德先生帶著狄薩拉小姐去參觀玫瑰園。他們一邊穿過草地，一邊感受到背後的兩雙眼睛一直盯著他們。

「聽我說，」來到花園裡她們看不見的地方，韋德先生緊張的神經終於鬆弛下來，「嗯，我想我們還是放棄吧。剛才我妻子看我的樣子，就好像和我有深仇大恨似的。」

「別擔心，」瑪德琳說，「這沒什麼。」

「是嗎？我是說，我不想讓她與我為敵。吃下午茶的時候，她說了一些很不客氣的話。」

「這沒什麼。」瑪德琳說，「你做得好極了。」

「真的是這樣嗎？」

「是的。」她壓低了聲音繼續說，「你的妻子正在長廊的拐角處，她想看看我們在幹什麼，你最好吻我一下。」

「噢！」韋德先生緊張地說，「一定要嗎？我是說……」

「吻我！」瑪德琳命令道。

韋德先生吻了她。就算他的動作缺乏熱情，那麼瑪德琳也彌補了這方面的不足。她緊緊地擁住他。韋德先生呆住了。

「噢！」他說。

「你很討厭這樣嗎？」瑪德琳問道。

「不，當然不。」韋德先生很有風度地說，「我……我只是吃了一驚。」他急切地加了一句：「我們在花園裡待得夠久了吧？」

「我想是的。」瑪德琳說，「我們在這裡演了一齣好戲。」

他們回到草地上。馬辛頓夫人告訴他們韋德夫人去休息了。

稍後，韋德先生滿臉不安地來到瑪德琳身邊。

「她心情很不好……幾乎是歇斯底里。」

「很好。」

「她看到我吻你了。」

「好啊，我們是想讓她看到啊。」

「我知道，但我不能這麼對她說，對吧？我不知道該說什麼。我說事情就這樣……這樣發生了。」

「好極了。」

「她說你處心積慮想與我結婚，還有，你不是什麼好女孩。那使我很不高興……這對你非常不公平。我說，你不過是在完成一項工作。我說我對你非常尊重，她說的話完全錯誤。當她依然說個不停時，我大概是對她發火了。」

「太棒了！」

「然後她叫我走開。她說她再也不想和我說話。她說要收拾行李離開這兒。」他好像不知所措。

瑪德琳笑了。

「我告訴你該怎麼辦：跟她說她不用走，你走；你會收拾行李回城裡去。」

「但是我不想走！」

「無所謂。你不用走，你妻子不會放你一個人去倫敦快活的。」

§

第二天早晨，雷金納．韋德又有新的情況彙報。

「她說她覺得既然已經同意再留六個月，現在離開就很說不過去。而且既然我有朋友在這兒，她說也想請她的朋友來玩。她正在邀請辛克萊．喬丹。」

「是那個傢伙嗎？」

「是的。要是讓他到我家來，我寧願去見鬼！」

「你必須讓他來，」瑪德琳說，「別擔心，我會關照他的。就說考慮之後你不反對，並且你知道她不會介意你邀請我再住幾天。」

「噢，天哪！」韋德先生嘆了口氣。

「千萬別灰心，」瑪德琳說，「一切都進展得很好。再過半個月，你的煩惱就一掃而空了。」

「半個月？你真的這麼想？」

「這麼想？我可以跟你打包票。」瑪德琳說。

§

一週後，瑪德琳．狄薩拉走進帕克．潘先生的辦公室，疲倦地一屁股坐在椅子上。

「浪蕩王后來了。」帕克．潘先生微笑著說。

「浪蕩！」瑪德琳說。她苦笑了一聲又說道：「我從來沒有勾引男人勾引得這麼辛苦過。那個男人被他妻子迷住了！簡直是病態。」

帕克．潘先生笑了。

「是的，沒錯。嗯，從某種角度而言，這使我們的目標更容易達成。親愛的瑪德琳，我不會如此輕易將一個男人置於你的魅力下。」

女孩大笑起來。

「你不知道要他裝出歡喜的表情吻我一下有多難！」

「親愛的，對你來說，這真是新鮮的感覺，好啦，你的任務完成了嗎？」

「是的，我想一切如我們所願。昨天晚上這齣戲達到了高潮。讓我想想，我是在三天前做最後一次報告？」

「是的。」

「好吧，正如我告訴你的，我只看了那個可憐蟲辛克萊．喬丹一眼，他就完全為我神魂顛倒了，特別是當他從我的穿著看出我很有錢的時候。當然啦，韋德夫人簡直暴跳如雷。她的兩個男人都圍著我打轉，我立刻表現出我鍾情的是哪一位。我當著辛克萊．喬丹還有韋德夫人的面取笑他，嘲笑他的打扮、他的長頭髮，還嘲笑他走路內八字。」

「高招。」帕克．潘先生讚賞地說。

「昨天晚上火山終於爆發了。韋德夫人再也忍不住了，她指責我拆散她的家庭。韋德先生就問她辛克萊．喬丹又是怎麼回事。她說那不過是因為她孤獨痛苦。她注意到她丈夫心神不定已經有一段時間了，但不知道是怎麼回事。她說他們一直是幸福美滿的一對。他知道她愛他，她只想要和他在一起。

「我說太遲了。韋德先生配合得天衣無縫。他說他一點也不在乎！他要和我結婚！韋德夫人隨時可以和她的辛克萊在一起。為什麼不馬上辦離婚手續呢？還要等六個月太可笑了。

「他說，幾天之內，她會拿到必要的文件，律師也可以叫來了。他說他沒有我活不下去。然後韋德夫人按著胸口說什麼她的心臟不好，感到不舒服，叫人幫她拿白蘭地。他沒有心軟。今天早上他回城裡去了。我敢確定她現在已經去找他和解了。」

「那麼，萬事大吉，」潘先生樂呵呵地說，「這次可以說是圓滿成功。」

門砰地一聲被推開，門口站著雷金納．韋德。

「她在這兒嗎？」他問道，大步走了進來。「她在哪兒？」他看到了瑪德琳。「親愛的！」他叫道，緊緊抓住她的雙手。「寶貝，寶貝，你明白吧？昨晚不是在演戲……我對艾莉絲說的每個字都是真的！我不懂自己為何這麼久以來如此盲目。但最後這三天我明白了。」

「明白什麼？」瑪德琳微弱地問。

「明白我愛你。明白在這個世界上我只想和你在一起。艾莉絲隨時可以和我離婚，這一切都結束之後你會嫁給我，不是嗎？說你會的，瑪德琳，我愛你。」

就在他把驚訝的瑪德琳擁入懷裡時，門又被推開了，這次進來的是一個瘦女人，穿的衣服是髒兮兮的綠色。

「我就知道，」這個新來的闖入者說，「我一直跟著你！我就知道你會去找她！」

「請你放心……」帕克．潘先生開口說道。他剛從震驚中回過神來。

闖入者根本沒理他。她一口氣說下去。

「噢，雷金納，你不會忍心讓我心碎的！我只要你回來！這件事我一個字都不會再提。我會去學高爾夫，不會結交你不喜歡的朋友。這麼多年來，我們在一起一直那麼快樂……」

「我直到現在才找到快樂。」韋德先生說，仍然注視著瑪德琳。「夠了，艾莉絲，你一直想嫁給那個混蛋喬丹，你幹嘛不去呢？」

韋德夫人的叫喊聲變成了哭嚎。

「我恨他！我再也不想見到他。」她又轉向瑪德琳罵道：「你這個邪惡的女人！你這個勾引男人的蕩婦，把我的丈夫從我身邊搶走。」

「我不想要你的丈夫。」瑪德琳恍惚地說。

「瑪德琳！」韋德先生痛苦又焦急地看著她。

「請走開。」瑪德琳說。

「你聽我說，我不是在演戲，我是認真的。」

「噢，出去！」瑪德琳歇斯底里地大叫起來。「出去！」

雷金納不情願地向門口挪動。

「我會回來的。」他警告她。「你還會見到我的。」

他把門一甩走了出去。

「像你這種女人應該被絞死！」韋德夫人咒道，「在你出現之前，雷金納待我一直溫柔體貼，現在他變了這麼多，我都快不認識他了。」

她嗚咽地匆匆去追她的丈夫。

瑪德琳和帕克・潘先生面面相覷。

「我也沒辦法。」瑪德琳無可奈何地說，「他是個好人，很可愛……但我不想嫁給他。我壓根沒想過會這樣，你不知道我費了多大力氣才讓他吻我！」

「啊！」帕克・潘先生說，「很遺憾，我不得不承認，這是我判斷上的失誤。」

他悲哀地搖了搖頭，拿出韋德先生的卷宗，在上面寫道：

失敗：由於非人為因素。

注意：理應有所預見。

05

小公務員的個案

Parker Pyne Investigates

帕克・潘先生若有所思地靠在旋轉椅背上，打量著來訪者。他面前是一位身材矮小、體格卻很強壯的四十歲男子，眼光憂鬱迷惘，態度帶著點怯意，不過顯然是對潘先生抱著極大的希望。

「我在報紙上看到你的廣告。」小個子男人略微緊張地說。

「你遇到麻煩了吧，羅伯茲先生？」

「不，不完全是。」

「那麼，你生活得不幸福？」

「也不該那麼說。我已經擁有許多值得讓我心存感激的東西。」

「我們都是如此，」帕克・潘先生說，「但是當我們必須提醒自己這個事實的時候，這卻不是個好兆頭。」

「我知道，」小個子男人急切地打斷他。「你說得沒錯！真是一針見血，先生。」

「那就把你的故事講給我聽吧，怎麼樣？」帕克・潘先生提議道。

「沒什麼特別的，先生。正如我說的，我擁有許多值得我心存感激的東西。我有固定的工作，存了一點錢，孩子們也都健康活潑。」

「那麼你想要的是……什麼？」

「我，我不知道。」他一下子臉紅了。「我想你大概覺得這很可笑吧，先生。」

「一點也不。」帕克・潘先生說。

帕克・潘先生富於技巧的詢問，使他獲得了更多關於羅伯茲先生的個人情況。他描述自己在一家著名的公司任職，以及如何緩慢但是平穩地得到升遷；他敘述了自己的婚姻，說他如何使自己看起來體面，如何費心教育子女，並使他們看起來「討人喜歡」；他說了如何煞費苦心地打算、計畫，盡量省錢，使自己每年能有一點積蓄。事實上，帕克・潘先生聽到的是一段為了生存而永無止境的奮鬥歷程。

「嗯，你知道，是這樣的，」羅伯茲先生坦言道，「我妻子最近不在家，她帶著兩個孩子去和她媽媽住一陣子。對孩子們來說，這是個小小的變化，而她也可以休息一下。那裡沒有多餘的空間給我，而我們又沒錢去別的地方。一個人在家待著看報紙的時候，我看到了你的廣告。我已經四十八歲了，我只是想……不尋常的事情處處在發生。」

說到這裡，他眼中充滿著在城市奮鬥已久的平凡人悲苦。

「你是想，」潘先生說，「讓生命燃燒，哪怕只有十分鐘？」

「嗯，我不會那樣說。不過也許你是對的。我只是想改變一下單調的生活方式。然後我會充滿感激地回到我一貫平凡的生活……只要有件事情值得我細細回味就好了。」他熱切地注視潘先生。「我想這不太可能吧，先生？恐怕……恐怕我付不起很多費用。」

「多少錢是你可以接受的？」

「大約五英鎊吧，先生。」他屏住了呼吸，緊張地等待著。

「五英鎊，」帕克・潘先生說，「我想，我想我們大概能找出五英鎊能做的事。你害怕危險嗎？」

羅伯茲先生蠟黃的臉龐閃現出一絲紅光。

「你是說危險嗎，先生？噢，不，一點也不。我……我從未做過任何危險的事情。」

帕克．潘先生笑了。

「那麼請你明天再來，我會告訴你我能為你做些什麼。」

§

「愉快旅行者」是一家不太有名的餐廳，只有一些常客會去光顧。他們不喜歡有新面孔出現。

潘先生來到這裡，侍者認出他來，恭敬地向他問好。

「伯寧頓先生在嗎？」他問道。

「是的，先生。他在他的老位子那邊。」

「好的，我去找他。」

伯寧頓先生是一位軍人模樣的紳士，臉形稜角分明。他高興地和朋友打招呼。

「你好，帕克，最近很少見到你。沒想到今天你也來了。」

「我偶爾會來，尤其是想找一位老朋友的時候。」

「是指我嗎？」

「當然。事實上，盧卡斯，我一直在考慮我們前幾天談的事。」

「彼得菲爾那件事嗎？看到報紙上的最新消息了？不，一定還沒登。今天的晚報才會刊登這條消息。」

「什麼最新消息？」

「彼得菲爾昨天晚上被謀殺了。」伯寧頓先生一邊說，一邊平靜地吃著沙拉。

「天哪！」潘先生叫道。

「噢，我一點也不驚訝。」伯寧頓先生說，「彼得菲爾這個頑固的老頭，根本聽不進我們的話，堅持要自己保存那些設計圖。」

「他們拿到了設計圖？」

「沒有，好像有個女人來過，給教授一份烹煮火腿的食譜。這個老蠢驢和往常一樣心不在焉，把那個什麼食譜放在保險箱裡，卻把設計圖放在廚房。」

「真是幸運。」

「或許吧。但我現在還是不知道能派誰送設計圖去日內瓦。梅特蘭在醫院裡，卡斯萊在柏林，我又走不開，這就意味著得派年輕的胡博過去。」他看著朋友。

「你還是那樣想？」帕克．潘先生問道。

「那當然。他已經被人收買！我知道，雖然沒有任何證據，但我跟你說，帕克，一個人不誠實的時候我能感覺得到！那些設計圖必須安全送達日內瓦。國聯需要它們。一項發明不出售給某個國家，這還是頭一遭。它是在自願的情況下交給國際聯盟的。

「這是到目前為止我們所表現的最佳誠意，我們一定要想辦法讓它得以實現。但胡博已經背叛我們了。你等著瞧吧，如果他坐火車，他會在車上被人下藥！如果他坐飛機，飛機將在某個合適的地點墜落！該死，我不會放過他。紀律！一定要有紀律！這就是那天我找你談這件事的原因。」

「你問我是否能找到什麼人。」

「是的。我想你也許能在你那一行找到合適的人選。某個渴望冒險的勇者。無論我派誰去都很有可能被幹掉，而你的人則不會受到懷疑，但他一定得有膽識。」

「我想我能找到可以勝任的人。」帕克·潘先生說。

「謝天謝地，現在還有人願意冒險。那麼，就這麼說定了？」

「就這麼說定了。」帕克·潘先生說。

§

帕克·潘先生正在對所有的指示做最後總結。

「一切都弄清楚了嗎？你將乘坐一等臥車前往日內瓦。列車會經過福克斯通[2]和布倫

[3]，你在布倫上車，列車十點四十五分離開倫敦，第二天早晨八點鐘到達日內瓦。這是你要去的地址，請把它記住，然後我就銷毀它。接下來你就住進這家旅館等待進一步的指示。這裡是足夠的法郎和瑞士紙鈔。明白了嗎？」

「明白了，先生。」羅伯茲的眼裡閃著興奮的光芒。「我想問一下，先生，我可以……嗯，知道我要送的是什麼東西嗎？」

帕克．潘先生慈祥地笑了。

「你要送的是記錄俄國皇家珠寶藏匿處的密碼。」他又嚴肅地說：「你明白吧，激進派的特務人員一定會千方百計地企圖中途攔截你。如果你不得不解釋一番，我建議你就說最近有了一筆錢，因此要到國外旅行一下。」

§

羅伯茲先生喝了一口咖啡，向窗外美麗的日內瓦湖望去。他很高興，但同時又有少許的

2 福克斯通（Folkestone），英格蘭東南部一港埠。

3 布倫（Boulogne），法國北部一海港。

失望。

高興是因為這是他有生以來第一次身處異國。不僅如此，他還住在一個此生不會再有機會住宿的旅館裡頭，而且壓根不必為錢操心！他擁有私人衛浴設備，飯菜精美可口，服務熱情周到。對於這一切，羅伯茲先生有說不出的心滿意足。

他又有些失望，因為至今還沒有任何可以稱為「冒險」的事發生在他身上。他從未碰到偽裝的布爾什維克分子或神祕的俄國人。他與別人打過的唯一一次交道，就是在火車上和一位說得一口好英語的法國商人進行愉快的閒談。遵照指示，他把文件藏在盥洗用品袋裡，然後在指定地點轉交出去。其間沒有任何需要克服的困難，更沒有什麼虎口餘生的經歷。羅伯茲感到失望。

正在此時，一個留鬍鬚的高個男子低聲說了句「抱歉」，然後在桌子的另一邊坐了下來。

「請原諒我的唐突，」他說，「但我想你認識我的一位朋友，他姓名的縮寫是ＰＰ。」

羅伯茲先生精神為之一振，隨之興奮起來。終於，神祕的俄國人出現了。

「是……是的。」

「那麼我想，我們無需再做自我介紹了吧。」陌生人說。

羅伯茲先生上下打量著眼前這位陌生人。他簡直不敢相信這是真的。這位陌生人五十歲左右，長相高貴，顯然是個外國人。他戴著眼鏡，鈕釦上繫著一條小緞帶。

「你以令人滿意的方式完成了使命。」陌生人說，「你是否準備再接受進一步的任務？」

「當然了。噢，是的。」

「很好。你去預訂明天晚上由日內瓦開往巴黎的火車臥鋪票。要九號臥鋪。」

「如果已經有人預訂了呢？」

「不會。我們會派人關照。」

「第九號臥鋪，」羅伯茲重複道，「好，我記住了。」

「旅途中會有人對你說：『對不起，先生，我想你最近到過格雷斯？』你就這麼回答：『是上個月的事。』然後那個人會說：『你對香水感興趣嗎？』你就回答：『是的，我是個合成茉莉花油製造商。』再來呢，你要完全聽從那個人的指揮。嗯，對了，你有武器嗎？」

「沒有，」羅伯茲先生心緒不寧地說，「沒有。我從未想過，那是……」

「這件事馬上可以解決。」留鬍鬚的男人說。

他四下張望了一下，沒人在他們周遭。一個硬邦邦的東西塞到羅伯茲先生的手中。

「很小，不過很有幫助！」陌生人笑著說。

這一生中還沒摸過手槍的羅伯茲先生，小心翼翼地把它放進口袋裡。他頓時覺得渾身不自在，好像手槍隨時都有可能走火。

他們又演習了一遍接頭暗號。羅伯茲的新朋友起身告辭。

「祝你好運，」他說，「預祝你安全完成任務。你真是個勇敢的人，羅伯茲先生。」

「我勇敢嗎？」陌生人離開後羅伯茲忍不住想，「我不想死，絕對不想。」

一種躍躍欲試的興奮感油然而生，但不知怎的又略微攙雜著一絲不安。

他回到房間翻來覆去地研究那把武器，但還是對使用方法不甚了解，不由得心中暗暗祈禱，千萬別被逼到不得不用槍的地步。

然後，他出門去預訂車票。

火車在九點三十分離開日內瓦。羅伯茲先生適時到達了車站，臥車車廂的列車員接過他的車票和護照，站在一邊看著腳夫把羅伯茲的箱子放在行李架上。那上面已經有其他行李：一個箱子，一個旅行袋。

「九號是下鋪。」列車員說道。

羅伯茲起身離開車廂時，迎面撞到一位正往裡面走的高大男子。他們互相道歉再分開，羅伯茲用英語，陌生人用法語。這個人又高又壯，剪了個小平頭，戴著厚厚的眼鏡，鏡片後的眼睛流露著半信半疑的目光。

「討人厭的旅客。」羅伯茲先生心中暗想。

羅伯茲隱約從這位旅伴身上感到一絲邪惡的陰影。要他訂九號臥鋪，是不是為了監視這個人？他認為可能性很大。

他又一次來到走道。離開車時間還有十分鐘，他打算到月台上走走。剛在走道裡走了沒兩步，迎面走來一位女士。她剛剛上車，列車員手裡拿著票走在她前面。羅伯茲側身讓她通過。當她走過他身邊時，她的手提包掉在地上。羅伯茲彎腰把它撿起來遞給她。

「謝謝你，先生。」

她說的是英語，卻帶著明顯的外國口音，聲音低沉渾厚，充滿魅力。她正要繼續往前走時卻猶豫了一下，低聲道：「對不起，先生，我想你最近到過格雷斯？」

羅伯茲的心激動地狂跳起來。他將聽從這樣一位可愛女士的指揮——毫無疑問，她相當可愛迷人！她身穿旅行用的皮外套，頭戴一頂別致小帽，脖子上掛著珍珠項鍊。她的皮膚黝黑，抹著暗紅色的唇膏。

羅伯茲按照要求回答道：「是上個月的事。」

「你對香水感興趣嗎？」

「是的，我是個合成茉莉花油製造商。」

她低下頭繼續往前走，只留下一句低語：「火車發動後立即到走道來。」

接下來的十分鐘對羅伯茲來說，似乎比一個世紀還要長。火車終於開了。他沿著通道慢慢走著。那位穿皮外套的女士正費力地想打開一扇窗戶，他急忙上前幫忙。

「謝謝，先生。我只是想在他們堅持關上所有門窗前，享受一點新鮮空氣。」然後她換了一種柔和低沉又急促的語調說：「等我們的旅行同伴睡著，在通過邊境之後——記住不是之前——走進洗手間，然後從那兒去對面的包廂。明白了嗎？」

「明白了。」他放下窗子，提高了嗓音說道：「小姐，這樣好點了嗎？」

「非常感謝。」

羅伯茲回到自己的包廂。他的旅伴已經在上鋪躺下了。他這一夜在火車上的準備顯然十分簡單；實際上，不過是脫掉了靴子和外套而已。

羅伯茲考慮著該穿什麼鞋。當然了，如果他要去一位女士的房間，自然不能脫掉衣服。他找到一雙拖鞋用來代替靴子，伸手關了燈就和衣躺下。幾分鐘之後，上鋪的男子發出了鼾聲。

剛過十點，他們就到達了邊境。門被打開了，有人例行公事地問了一句：「先生們，有什麼要報關的嗎？」隨後門又被關上。沒過一會兒，火車就開出了貝勒加德車站。

上鋪的男子又在打鼾了。羅伯茲又等了二十分鐘，然後悄悄起身，打開洗手間的門。他閃身進去，閂上身後那扇門，眼睛望著另一邊。那扇門沒有閂。他猶豫著，是不是應該敲門呢？

也許敲門會有些荒謬，但他不喜歡不敲門就進入別人的房間。他終於想出一個折衷的辦法，輕輕地把門推開一條縫，然後按兵不動，甚至大膽地輕咳了一聲。

房裡馬上有了反應。門一下子被拉開，他被一把抓住手臂拉進房間。女孩在他身後把門關好並上了鎖。

羅伯茲屏住呼吸。他從未想過自己會真正面對如此令人心跳加速的景象：她穿著一件奶白色紡綢帶花邊的睡袍，靠在通往走道的房門上喘息著。羅伯茲經常在書上讀到逃亡中被追逐的美人角色，今天他生平第一次親眼見到了……真是賞心悅目又令人興奮的情景。

「感謝上帝！」女孩喃喃自語。

羅伯茲注意到她還很年輕，而且可愛又楚楚動人，以至於羅伯茲覺得她好像是來自另一個世界的仙女。浪漫終於降臨了，而他正身處其中！

她講話的聲音低沉又急促，英語說得很好，口音卻充滿異國情調。

「真高興你來了。」她說，「我害怕極了。瓦西里俄維奇就在車上。你知道這意味著什麼嗎？」

羅伯茲絲毫摸不著頭緒，不知這是什麼意思，但他還是點了點頭。

「我原以為我已經躲過他們了。我早該料到的。我們該怎麼辦？瓦西里俄維奇就在隔壁包廂。無論發生什麼事，都不能讓珠寶落到他手上。」

「我不會讓他害你的，也不會讓珠寶落入他手中。」羅伯茲義無反顧地說。

「那我該拿它怎麼辦？」

羅伯茲的眼光越過女孩笑了起來。

「對瓦西里俄維奇來說，上鎖的門又算得了什麼？」

羅伯茲愈來愈覺得好像置身於他最鍾愛的小說情節中。

「這麼辦吧，把珠寶交給我。」

她懷疑地看著他。

「這些珠寶價值二十萬英鎊呢。」

羅伯茲臉紅了。

「你可以信任我。」

女孩又猶豫了一會兒，然後說：「好，我相信你。」她的動作十分敏捷，立刻拿出一雙捲好的長襪遞給他，那是一雙薄絲長襪。「收好，我的朋友。」她對目瞪口呆的羅伯茲說。

他接過長襪後就立刻明白了。這雙襪子原本應該像空氣一樣輕，現在卻出奇地重。

「把它們帶回你的包廂，」她說，「你可以明天早上交還給我，如果……如果我還在這兒的話。」

羅伯茲咳了一聲。

「聽我說，」他說，「關於你，」他頓了一下。「我……我必須保護你。」他因為顧慮到道德禮儀而面紅耳赤。「不是在這兒。我會待在那兒。」他朝著洗手間的方向點了頭。

「如果你願意待在這兒……」她看了空著的上鋪一眼。

羅伯茲的臉脹紅到了脖子根部。

「不，不。」他拒絕道，「我待在那裡很好。如果你需要我，大聲喊叫就行了。」

「謝謝你，我的朋友。」女孩溫柔地說道。

她躺回下鋪，拉上被子，感激地朝他微笑。他退到洗手間裡面。

突然間——一定過了幾個小時——他覺得聽到什麼動靜，便側耳傾聽，什麼也沒有。也許是聽錯了。可是他剛才明明聽到隔壁車廂裡有一絲微弱的響聲。萬一……

他輕輕打開了門。包廂內和他離開的時候一模一樣，天花板上掛著一盞小藍燈。他站在那兒，眼睛費力地在昏暗中搜索，直到適應黑暗為止。女孩已經不知去向！

他把燈光開到最亮。包廂是空的。他突然吸了吸鼻子，只聞了一下就辨認出來了……有些芳香，又有些噁心，這是氯仿的氣味！

他踏出包廂（注意到門現在沒有鎖），來到走道裡前後張望。沒有人！他的眼睛盯著女孩隔壁的那扇門。她曾說過瓦西里俄維奇就在隔壁包廂裡。羅伯茲小心翼翼地轉動門把。門從裡面鎖上了。

他該怎麼辦？敲門要求進去？那人會拒絕，而且女孩也可能不在那兒！即使她在那兒，她會因為他把事情鬧大而感激他嗎？他認為對他們正在進行的這件事來說，保密是極為重要的。

這個心煩意亂的小個子男人慢慢地在走道裡來回踱步。他在最後一個包廂前停了下來。門開著，列車員正躺在裡面熟睡。在他頭上的衣帽架上，掛著他的棕色制服外套和鴨舌帽。

§

就在那一瞬間，羅伯茲決定了他的行動方案。下一分鐘他已經穿上列車員的外套和帽子，焦急地沿著走道往回走。他在女孩隔壁的包廂門前停了下來，鼓足勇氣，斷然敲門。

包廂裡沒有任何反應。他又敲了一次。

「先生。」他盡量模仿著列車員的口音說。

門打開了一條縫，探出一顆腦袋——外國人模樣，留著黑色短鬚，整張臉刮得很乾淨。

那人面帶慍怒，看起來很惡毒。

「什麼事？」他不耐煩地說。

「你的護照，先生。」羅伯茲退後了一步示意道。

那男子遲疑了一下，跨出門來。羅伯茲早就料到他會這樣做。如果女孩在包廂內，他當然不會讓列車員進門。說時遲，那時快，他竭盡全力把那個外國人推到一邊——那男子毫無戒備，再加上火車的晃動也幫了他的忙——自己則閃身進了包廂並鎖上門。

女孩側臥在床鋪的尾端。嘴巴被一個布條塞住，雙手被綁在一塊。他迅速解開綁繩，她倒在他身上，鬆了一口氣。

「我覺得渾身無力，非常難受。」她喃喃道，「我想是氯仿。他……他拿到珠寶了嗎？」

「沒有。」羅伯茲拍了一下口袋。「我們現在該怎麼辦？」他問道。

女孩坐了起來，神志漸漸恢復了。她注意到他的穿著打扮。

「你真聰明！居然想到這個辦法！他說如果我不告訴他珠寶在哪兒，他就會殺了我。我害怕極了……多虧你來了。」她突然笑起來。「我們還是比他厲害！他不敢採取任何行動，甚至不能回自己的包廂來。」

「我們必須在這裡待到天亮。也許他會在第戎[4]下車。再過大約半個小時，我們就會到達第戎。他會發電報到巴黎，他們會在那兒尋找我們的蹤跡。現在你最好把這套衣帽扔到窗外去，以免它們給你帶來麻煩。」

羅伯茲一切照辦。

「我們不能睡覺，」女孩決定，「必須保持警惕，直到天亮。」

這是一個奇特又令人興奮的不眠之夜。清晨六點，羅伯茲謹慎地打開門向外張望。附近沒人。女孩迅速溜回自己的包廂，羅伯茲緊隨其後。很明顯包廂被人搜查過了。他仍從洗手間回到自己的包廂。他的旅伴還在夢鄉裡。

他們七點到達巴黎。列車員高聲埋怨丟了外套和帽子，他沒發現還丟了一名乘客。

然後一場刺激有趣的逃亡開始了。女孩和羅伯茲換了一輛又一輛的計程車在巴黎城市中穿梭。他們從一個門進入飯店或餐廳，又從另一個門出來。終於，女孩做了個手勢。

「我們已經甩掉他們了，」她說，「現在我敢確定我們沒有被跟蹤了。」

他們吃過早餐後，坐車前往布林歇機場。三小時後他們到了克羅伊登[5]，羅伯茲生平第

4 第戎（Dijon），法國東部城市。

5 克羅伊登（Croydon），英格蘭南部城市。

一次坐了飛機。

在克羅伊登，一位高個子男人在等待他們。他和在日內瓦給羅伯茲下達指令的人隱約有些相像。他畢恭畢敬地向女孩問好。

「車在這兒，小姐。」他說。

「保羅，這位先生將與我們同行。」女孩說。她轉向羅伯茲說：「保羅・史蒂潘伯爵。」

等著他們的是一輛高級轎車。車子開動了大約一個小時後，他們來到一處鄉間別墅，在一棟富麗堂皇的房屋前停下來。羅伯茲被帶到一間書房，在那兒交出那雙珍貴的長筒絲襪。然後他們讓他在那裡等了一會兒。沒過多久，史蒂潘伯爵回來了。

「羅伯茲先生，」他說，「我們對你不勝感激。你真不愧是個有勇有謀的人。」

他拿出一個紅色的摩洛哥皮盒子。

「請允許我授予你聖史坦尼斯拉夫勳章，這是十級榮譽勳章。」

恍若身處夢境之中，羅伯茲打開盒子，看見裡頭安然擺著一塊鑲嵌寶石的勳章。那位年老的紳士繼續說著：「女公爵奧爾嘉希望在你離開之前，親自向你道謝。」

他被帶進一間客廳。那裡站著他的旅伴，身著華美的曳地長裙。

她優雅地揮了揮手，那男子退出了房間。

「是你救了我的命，羅伯茲先生。」女公爵說。

她伸出手，羅伯茲吻了一下。她突然撲到他懷裡。

「你真是一位勇士。」她說。

他的嘴碰到她的唇，一股濃郁的東方香味洋溢在周圍。

他緊緊擁抱那苗條美麗的身軀。世間萬物都靜止了……

他好像依然沉醉在夢中，這時有人在他耳邊說：「車已準備好了，將送你去任何你想去的地方。」

一小時後，車回來接那位女公爵奧爾嘉。她上了車，那位白髮男子亦緊隨其後。他已經拿掉他的假鬍鬚，那玩意兒讓他覺得又悶又熱。汽車將女公爵奧爾嘉送到史崔翰的一棟房子前。她進了屋子，一位年老的婦人從茶桌上抬起頭來。

「啊，親愛的瑪姬，你總算回來了。」

在日內瓦到巴黎的快車上，這個女孩是女公爵奧爾嘉；在帕克．潘先生的辦公室，她是瑪德琳．狄薩拉；而在史崔翰的家中，她是瑪姬．塞耶斯，一個誠實勤勞的家庭中的第四個女兒。

世界多麼神奇啊！

§

帕克．潘先生正和他的朋友共進午餐。

「恭喜你，」他的朋友說，「你的人順利地圓滿完成任務。托馬里那幫人只要想到槍的設計圖已經交到國聯那裡，絕對會氣得發瘋。你是否事先告訴你的人，他帶的是什麼東西？」

「沒有。我想，呃，不說也許比較好。」

「你做得很謹慎。」

「並不完全是出於謹慎，我想讓他更有樂趣。我猜想他大概會覺得一支槍還不夠刺激，我想讓他嘗點冒險的滋味。」

「不夠刺激？」伯寧頓先生瞪大了眼睛。「天哪，那幫人隨時可能要了他的命。」

「是啊，」帕克．潘先生悠哉地說，「但我不會讓他被人幹掉。」

「你幹這行賺了不少吧，帕克？」伯寧頓先生問道。

「有時候我也賠錢，」帕克．潘先生說，「如果值得的話。」

§

在巴黎，三個怒氣沖沖的男人正在互相埋怨。

「該死的胡博！」其中一個說，「他太讓我們失望了。」

「設計圖不是由辦公室的人傳遞的。」第二個人說，「但星期三那天它的確被送走了，這點我很確定。所以依我看，是你把事情弄得一團糟。」

「根本不是我的錯。」第三個氣呼呼地說，「除了一個小公務員之外，火車上根本沒有英國人。他從未聽過彼得菲爾，也沒聽過那種槍，我敢跟你們打包票。我曾經試探過他，他對彼得菲爾和槍毫無反應。」他笑起來。「他倒是對布爾什維克有些敏感。」

§

羅伯茲先生坐在火爐前。他的膝上放著一封來自帕克．潘先生的信，信裡面有一張「對某項使命順利完成表示滿意的人」所給予的五十英鎊支票。

座椅的扶手上放著一本圖書館借來的書。羅伯茲先生隨手翻開。

「她像逃亡中的美人無力地倚靠在門上。」

這個嘛，他已經親眼見識過了。

他又讀了一句。

「他吸了吸鼻子，隱約有股令人作嘔的氯仿氣味鑽進他的鼻孔。」

這個他也知道。

「他擁她入懷，碰觸到她那微微顫抖的猩紅色嘴唇。」

羅伯茲先生嘆了一口氣。這不是夢，全都實實在在地發生過。出門的旅途無聊至極，但是想想回程中發生的事！他感到很刺激。不過他也很高興又回到家了。他懵懵懂懂地覺得不能老過那樣起伏跌宕的生活。甚至那位女公爵奧爾嘉……還有那最後一吻，都有恍若夢境的感覺。

瑪麗和孩子們明天就到家了。羅伯茲先生高興地笑了。她會說：「我們的假期十分愉快。真不情願留你一個人待在家裡，親愛的。」

然後他會說：「沒關係，親愛的。我有些公事，去了一趟日內瓦，是去談判……看看他們寄給我什麼東西。」

然後他會給她看那張五十英鎊的支票。

他想到聖史坦尼斯拉夫勳章，那個十級榮譽勳章。他會把它藏起來，但要是瑪麗發現了呢？那就不得不做些解釋了……

啊，對了，他會告訴她那是從國外得來的，是件古董。

他打開書本愉快地繼續讀下去。他的臉上再也沒有絲毫惆悵的表情。

畢竟，不可思議的奇遇也在他身上發生了呢！

06

有錢女子的個案

Parker Pyne Investigates

艾布納・賴默夫人的名字被送到帕克・潘先生面前。他聽說過這個名字，不禁有點驚訝地揚起眉毛。

過沒多久，這位顧客就被帶進他的辦公室。

賴默夫人是個高䠷女子，骨架很大。儘管她穿著天鵝絨衣裙和厚實的毛皮大衣，還是掩飾不住粗笨的體態。那雙巨掌上面的關節突出，十分引人注目。她的臉又大又寬，臉上化著濃妝。一頭黑髮做成時髦的髮型，帽子上還綴著好幾支彎彎的鴕鳥毛。

她衝著潘先生點點頭，撲通一聲坐在一張椅子上。

「早安，」她說，嗓音略帶沙啞。「要是你真有那麼兩下子，就告訴我該怎麼把我的錢花掉！」

「非常有創意，」帕克・潘先生喃喃道，「在這個年代，很少有人問我這種問題。這麼說，你是真的覺得這太困難了，賴默夫人？」

「是的，沒錯。」這位女士毫不諱言地說，「我有三件毛皮大衣，無數件巴黎名牌時裝。我有一輛車，在花園大道有一棟房子。我有一艘遊艇，但我不喜歡出海。我有一大批那種會從眼皮子底下看你的高級僕人。我也出去旅遊過，見過外頭的世面。要是還有什麼東西可以買、什麼事情可以做的話，那我可真的要謝天謝地了。」

她充滿期待地看著潘先生。

「可以捐錢給醫院。」他說。

「什麼？你是說把錢白白扔掉？不，那我可不幹！讓我告訴你，那些錢可是得之不易的辛苦錢。如果你以為我會把它拱手相送，就好像扔掉一堆垃圾一樣毫不在乎，那你可錯了。我要把它們花掉，並且從花錢中得到快樂。如果你有什麼符合這個條件的好主意，你可以指望我給個好價錢。」

「你的提議讓我很感興趣，」潘先生說，「你有沒有一棟鄉間別墅？這件事你沒有提到。」

「我忘記說了，但是我已經有鄉間別墅了，住在那裡簡直讓我無聊得要死。」

「你最好再告訴我一些你自己的情形。你的問題不容易解決。」

「我很願意告訴你，我並不為自己的出身感到羞恥。以前我在一個農場裡做工，當時我還是一個小女孩，很辛苦。後來我開始和艾布納交往，那時候他是附近磨坊裡的工人。他追了我八年，之後我們結婚了。」

「當時你覺得幸福嗎？」潘先生問道。

「是的，艾布納待我很好。我們一起熬了一段苦日子，他失業了兩次，再加上我不斷生育。我們曾經有過四個孩子，三個男孩一個女孩，可是沒有一個活下來。我敢說要是有他們在，日子可就大不相同了。」

她的神色變得柔和，看起來突然變年輕了。

「他的肺不好——艾布納的肺。打仗的時候他們就沒要他入伍。他在家鄉表現得很出色，所以被任命為工頭。艾布納是個聰明的小夥子。他擬了一份新的操作程序。他們待他很公平，付了他一筆不小的酬金。他把那筆錢用在另一個設計上。他成功了，錢滾滾而來，現在也還很賺錢。

「告訴你，剛開始那種快樂真是不一樣。可以有一棟房子、高級的浴室，還有自己的傭人；再也不用煮飯、擦地、洗衣服，只管舒舒服服地靠著椅墊坐在客廳裡，按鈴叫傭人送茶點來，簡直像個伯爵夫人！那就叫作享受，我們覺得有意思極了。然後我們來到倫敦，我找第一流的裁縫做衣服。我們又去了巴黎，還去里維拉那些地方度假。那時候覺得這一切美好得像作夢一樣。」

「再來就不同了。」帕克·潘先生說。

「我想我們對那些事情麻木了，」賴默夫人說，「過了一陣子就覺得沒那麼有意思了。啊，從前我們甚至有過吃了上頓沒下頓的日子……而我們現在呢，想吃什麼就吃什麼！至於浴室，嗯，說穿了，一個人一天洗一次澡也就夠了。然而艾布納的身體開始讓人擔心了。我們花了大錢看醫生，而他們也束手無策。他們試過這個又試那個，但一點用也沒有。他死了。」她頓了頓。「他還很年輕，才四十三歲。」

潘先生同情地點點頭。

「那是五年前的事。錢還是源源不斷地滾來，不能用它們來做點什麼真是太可惜了。但就像我告訴你的，我實在想不出還有什麼東西是我還沒擁有的。」

「換句話說，」潘先生說，「你覺得生活乏味，你無法享受生活。」

「我厭煩透了，」賴默夫人悶悶不樂地說，「我沒有朋友。那幫有錢的傢伙只想要我捐款，卻在背後取笑我。那幫沒錢的老朋友也不願意理我。我坐著自己的車去找他們，卻讓他們感到自愧不如。你能做些什麼或提出什麼建議嗎？」

「我也許可以，」潘先生緩緩地說，「是很困難，但我相信我們有成功的機會。也許我能為你找回你所失去的樂趣——對生活的樂趣。」

「怎麼找？」賴默夫人簡潔地問。

「這個嘛，」帕克．潘先生說，「是我的工作機密。我從不事先透露我的方法。問題在於你願意賭一賭嗎？我不保證一定成功，但我相信成功的機率很大。我需要採取相當不尋常的方式，因此費用很昂貴。我收取一千英鎊的服務費，必須預先支付。」

「你很懂得漫天要價，對吧？」賴默夫人用內行的口氣說，「好吧，我願意賭一把。我習慣花大錢。不過，當我付錢要一樣東西時，絕對是無論如何都要得到它。」

「你會得到的，」帕克．潘先生說，「不用擔心。」

「今天傍晚我會送支票來給你。」賴默夫人邊說邊站了起來。「我真不知道我為什麼會信任你。傻瓜是留不住錢的，人們都這麼說。我絕對是個傻瓜。你可真有膽子，在報紙上到處做廣告說你能讓人們感到快樂！」

「那些廣告是要花錢的，」潘先生說，「如果我不能說到做到，那些錢就被浪費了。我知道是什麼原因讓人們不快樂，因此我很清楚，怎麼做才能讓他們快樂。」

賴默夫人懷疑地搖搖頭後就走了，空氣中還留著一股昂貴香水的味道。

英俊的克勞德·盧特瑞逛進了辦公室。

「又要我出馬了？」

潘先生搖搖頭。

「沒那麼簡單，」他說，「不，這次的事很棘手，恐怕我們不得不冒險了。我們要嘗試一些不尋常的手段。」

「找奧利薇夫人？」

潘先生聽他提到這個世界聞名的小說家時笑了。

「奧利薇夫人，」他說，「其實是我們當中最循規蹈矩的人。我已經想到一個大膽而冒險的主意。噢，對了，請你打個電話給安卓布博士。」

「安卓布？」

「是的。我們需要他的協助。」

§

一週後，賴默夫人再次走進帕克·潘先生的辦公室。他站起來迎接她。

「請你放心，這段時間的等待是有必要的。」他說，「有很多事情需要安排，而且我需要一位不同凡響的人物來協助，他必須穿越半個歐洲才能趕來這裡。」

「哦！」她半信半疑地說。

她的腦子裡老是想著她那張一千英鎊的支票，而且支票已經被兌現了。

帕克．潘先生摁了一下按鈕。進來一個年輕女孩，東方人的長相，身穿白色護士服。

「一切都準備好了嗎，狄薩拉護士？」

「是的。康斯坦博士正在等候他的病人。」

「你們要幹什麼？」賴默夫人帶著一絲不安問道。

「讓你感受一下某種東方的神祕力量，親愛的女士。」帕克．潘先生說。

賴默夫人跟著護士上了樓。在那兒，她被帶進一間與這棟建築其他部分毫無相似之處的房間。牆上掛著東方刺繡，長沙發上放著軟墊，地上鋪著美麗的地毯。一個男人正俯身在一個咖啡壺前不知做什麼，當他們進來時他站起身來。

「康斯坦博士。」護士說。

那位博士穿著歐式服裝，但是他的臉龐黝黑，眼睛深邃細長，目光中帶著一種奇特的穿透力。

「你就是我的病人？」他的嗓音低沉，帶著一絲回響。

「我沒生病。」賴默夫人說。

「你的身體是健康的，」博士說，「但你的靈魂感到疲倦。在東方我們知道如何醫治這種病。請坐下來喝杯咖啡。」

賴默夫人坐下來，接受了一小杯香味濃郁的液體。她啜飲咖啡時，那位博士說：「在西方，他們只知道醫治身體的疾病。這是錯誤的。身體不過是件樂器，用它來彈奏某個曲調，它有可能是一支悲傷、疲倦的曲子，也有可能是一支充滿歡樂的輕快曲調。後者正是我們要給予你的東西。你很有錢，你會花掉這些錢並好好享受生活，你會重新體會到生命的可貴。這很簡單……簡單……很簡單……」

一股倦意襲上賴默夫人的全身。那位博士和護士的身影變得模糊了。她感到極度的快樂，同時又睏倦不已。博士的身影變大了。整個世界都變得愈來愈大。

博士盯著她的眼睛。

「睡吧，」他說，「睡吧。你的眼皮闔上了，很快地你就會睡著。你會睡著，你會睡著……」

賴默夫人的眼皮闔上了。她飄浮在一個美好的廣闊世界裡……

§

睜開眼睛時，她覺得好像已經過了很長一段時間。她依稀記得一些事……她做了一個奇怪而且莫名其妙的夢；然後好像醒了；然後又是一連串的夢。她記得好像有輛車，還有那個穿著護士服、深色皮膚的美麗女孩向她俯過身來。

不管怎麼說，她現在完全清醒了，而且躺在自己的床上。

有點不對勁，這是她自己的床嗎？感覺不太一樣。它沒有自己那張床柔軟舒適。它依稀屬於過去那段幾乎被遺忘的日子。她動了一下，床「咯吱」叫了一聲。賴默夫人在花園大道的床絕不會發出這種聲音。

她環視四周。毫無疑問，她不是在花園大道。這是一家醫院嗎？不，她斷定這不是一家醫院，也不是一家旅館。這是一間空空蕩蕩的屋子，牆壁隱約看得出來是淡紫色的。有個木頭的臉盆架，上面放著一個水罐和一個臉盆。有個木頭衣櫃，還有一只錫箱子。陌生而從未見過的衣服掛在立架上。床上鋪著一條打滿補靪的床單，她自己正睡在上面。

「我在哪兒？」賴默夫人說道。

門開了，走進一位矮小豐滿的女人。她的面頰紅潤，看起來脾氣很好。她捲起袖子，穿戴著圍裙。

「看哪！」她叫道，「她醒了。快進來，醫生。」

賴默夫人張開嘴想說些什麼，卻什麼也說不出來，因為跟在那豐滿女人後頭走進屋裡的男人，根本不像是那位舉止優雅、膚色黝黑的康斯坦博士。那是一個駝背老頭，正透過厚厚的鏡片打量著她。

「那就好。」他一邊說，一邊走到床前握住賴默夫人的手腕。「你會很快好起來的，親愛的。」

「我怎麼了？」賴默夫人問道。

「你失去了知覺，」醫生說，「你大概昏迷了一兩天。沒什麼好擔心！」

「真的嚇了我們一大跳啊，漢娜。」那個豐滿的女人說，「你還一直胡言亂語，盡說些莫名其妙的事。」

「是的，賈德納太太，」醫生阻止她再說下去。「我們不該讓病人情緒激動。你很快就會康復的，親愛的。」

「你一定是在為那些工作擔憂吧，漢娜？」賈德納太太說，「羅伯太太一直在幫我，而且我們做得滿不錯的。你就好好躺著休養身體吧，親愛的。」

「你為什麼叫我漢娜？」賴默夫人問。

「怎麼啦？那是你的名字呀。」賈德納太太困惑地說。

「不，不是。我的名字是艾蜜麗，艾蜜麗・賴默。我是艾布納・賴默夫人。」

醫生和賈德納太太互看了一眼。

「好吧，你好好躺著。」賈德納太太說。

「是的，是的，你別擔心。」醫生說。

他們走了。賴默夫人躺在床上百思不得其解。為什麼他們叫她漢娜？當她告訴他們她自己的名字時，為什麼他們會交換那種好笑而不信任的目光？她究竟在哪裡？究竟發生了什麼事？

她起身下床，感覺到腿有點虛弱，但她還是慢慢地走到小窗前向外望去——是個農場！她完全被弄糊塗了，只好又回到床上。她在一個自己從沒見過的農場裡頭幹什麼？

賈德納太太再次走進房間來。她捧著一個盤子，上面放著一碗湯。

賴默夫人開始她的一連串詢問。

「我在這棟房子裡面幹什麼？」她問道，「誰帶我來的？」

「沒人帶你來，親愛的，這是你家。至少，最近這五年來你一直住在這兒。我從未想過你會突然病倒。」

「住在這兒！五年了？」

「是啊，沒錯。怎麼了，漢娜，你不會是還沒想起來吧？」

「我從沒在這兒住過！我以前從未見過你。」

「你看，你生了這場病，把事情都忘了。」

「我從沒在這兒住過。」

「但是你的確住在這兒，親愛的。」

賈德納太太突然衝到櫃子前，拿出一個相框遞給賴默夫人。那裡頭有一張褪色的照片。照片上有四個人：一個留鬍子的男人，一個豐滿的女人（賈德納太太），一個瘦高的男人，臉上帶著靦腆的微笑，還有一個穿著印花裙子、繫著圍裙的人——正是她自己！

賴默夫人目瞪口呆地盯著那張照片。賈德納太太把湯放在她身邊，悄悄離開了房間。

賴默夫人呆滯地喝著那碗湯。湯很不錯，熱呼呼的。她的腦袋一片混亂。是誰瘋了？是賈德納太太？還是她自己？她們當中必定有一個人瘋了！但是，還有那個醫生。

「我是艾蜜麗・賴默。」她堅決地對自己說，「我知道我是艾蜜麗・賴默，沒有人能改變這一點。」

她喝完了湯，把碗放回到盤子上。一張摺疊好的報紙映入她眼簾，她拿起來看看上面的日期，十月十九日。她是哪天去帕克・潘先生的辦公室？十五號或十六號。那麼，她一定病了三天。

「那個卑鄙無恥的博士！」賴默夫人怒氣沖沖地說。

話說回來，她還是鬆了一口氣。她聽說有些人好幾年都想不起來自己究竟是誰。她擔心自己也得了這種怪病。

她翻開報紙，百無聊賴地瀏覽各個專欄。這時她突然注意到一張照片。

艾蜜麗・賴默夫人，紐釦大王艾布納・賴默的遺孀，昨天被送進一家私人診所進行精神方面的治療。在過去兩天，她堅持聲稱自己並不是艾蜜麗・賴默，而是一位名叫漢娜・穆豪斯的女傭人。

「漢娜．穆豪斯！原來是這麼回事。」賴默夫人說，「她變成了我，而我變成了她。這是掉包吧。好極了，我們馬上就可以把事情弄清楚！如果那個狡猾的騙子帕克．潘還要耍什麼把戲的話……」

但是就在這時，她在報上又突然看到康斯坦這個名字。這回是個大標題：

康斯坦博士宣稱

在赴日前夕的最後一次講座上，克勞迪．康斯坦博士提出一些驚人的理論。他宣稱藉由將靈魂從一個身體轉移到另一個身體的實驗，可以證明靈魂的存在。據稱他在東方做的實驗中，已成功進行了一次對換試驗——身體處於催眠狀態的甲之靈魂，被轉入催眠狀態下的乙之身體，而乙的靈魂轉入甲的身體。從催眠狀態中甦醒後，甲聲稱自己是乙，而乙認為自己是甲。為了讓實驗成功，必須找到身體相貌非常相似的兩個人，因為容貌上的相似可以避免多餘的困擾。實驗不僅在孿生胞胎中取得成功，而且在兩名容貌相似的陌生人之間也獲得理想的實驗效果，儘管他們的社會地位相差懸殊。

賴默夫人把報紙扔到一邊。

「騙子！無恥的騙子！」

她現在什麼都明白了！這是一個大膽無恥的陰謀，為的是奪取她的錢財。這個漢娜．穆豪斯是潘先生的工具……也許她是無辜的，是他和那個叫康斯坦的傢伙一起導演了這齣戲。

但她會揭發他的！她會戳穿他的把戲！她會讓他受到法律的懲罰！她會告訴所有人……

在憤怒的狂潮中，賴默夫人突然想到一點。她想起了第一張照片。漢娜．穆豪斯並非是一個聽話的工具。她反抗過，她堅持自己的身分。結果換來的是什麼？

「被關進了瘋人院，可憐的孩子。」賴默夫人說。

她的背上冒出一股涼意。

瘋人院。他們把你抓進去，永遠也不會放你出來。你愈強調自己是清醒的，他們愈是不會相信你。你被關了進去，你就得在那兒待著。不，賴默夫人可不想冒這個險。

門開了，賈德納太太走了進來。

「啊，你已經把湯喝了，親愛的。很好，你很快就會好起來。」

「我是什麼時候生病的？」賴默夫人問道。

「讓我想想，是三天前，星期三那天，那是十五號。大概四點時你突然就不對勁了。」

「啊！」

這一聲中包含了許多含義。她是在大約四點的時候見了康斯坦博士。

「你從椅子上滑了下來，」賈德納太太說，「『噢，』你說，『噢！』就像這樣。然後你迷迷糊糊地說：『我要睡了。』然後你就真的睡著了。我們把你放到床上，請來了醫生。然後你就一直躺在這兒。」

「我想，」賴默夫人鼓起勇氣說，「你試著確認過我究竟是誰……嗯，我是說，除了我的長相。」

「嗯，這麼說可真是奇怪，」賈德納太太說道，「我倒是想知道，除了長相之外，還有什麼更好的依據呢？不過，對了，還有你的胎記，如果這能讓你更心服口服的話。」

「胎記？」

賴默夫人眼前一亮。她自己身上並沒有這樣的記號。

「右手臂底下有個粉色胎記，」賈德納太太說，「你自己看看吧，親愛的。」

「這可以證明一切。」賴默夫人自言自語道。

她知道自己右手臂下並沒有什麼粉色胎記。她捲起睡衣袖子。那兒的確有個粉色胎記。

賴默夫人的眼淚奪眶而出。

§

四天後，賴默夫人終於下床了。她想出許多行動方案，卻又一一把它們否決了。

她可以把報上的照片拿給賈德納太太看，並解釋這一切。他們會相信她嗎？賴默夫人可以確定他們不會相信。

她可以去警察局。他們會相信她嗎？她想也不會。

她可以去找帕克·潘先生。這個主意無庸置疑最合她的心意。她要做的第一件事，就是要告訴那個狡猾的無賴她是怎麼看待他的。但是有個致命的打擊阻止了她實施這個方案。聽他們說，她目前所在的地方是康沃爾，但是她沒有足夠的錢去倫敦。一個破錢包裡面的兩先令四便士，好像就是她現在全部的財產。

這麼一來——四天後，賴默夫人做出一個勇敢的決定——就目前來說，她只好接受事實！她被當成是漢娜·穆豪斯。好吧，她就當一陣子漢娜·穆豪斯。目前她先接受這個角色，等她以後存夠了錢，她會去倫敦找那個騙子當面對質。

下了這個決定之後，賴默夫人樂觀地接受了她要扮演的角色，甚至自嘲這一切真是可笑。歷史真的重演了。這裡的生活讓她回憶起自己的年輕時代。那是多麼遙遠以前的事啊！

§

在多年的舒適生活之後，這裡的工作顯得有些艱苦，但一個星期過後，她發現自己逐漸又開始習慣農場的生活了。

賈德納太太是個溫和親切的婦人。她的丈夫，一個沉默寡言的大個子，也十分和藹可親。照片上那個瘦弱的男人已經走了；農場請了另一個工人來接替他的工作。那是一個好脾氣的魁梧男人，四十五歲，個性木訥，不太會說話，藍眼睛裡總是閃爍著一絲靦腆的笑意。

時間過得真快。有一天，賴默夫人終於存夠了錢，可以買火車票去倫敦了。但她沒去，她決定過些日子再說。她想，有的是時間。瘋人院那檔事還是讓她有點膽戰心驚。那個無賴帕克・潘，他可不是笨蛋。他會找個醫生來說她瘋了，神不知鬼不覺地再把她關起來，再也不會有人知道這究竟是怎麼回事。

「況且，」賴默夫人告訴自己。「來點變化對人是有好處的。」

她每天很早就起床，而且工作得很賣力。那年冬天，新來的工人喬・韋爾生病了，賈德納太太和她都細心照料他。那個可憐的大個子男人非常依賴她們。

春天來了，這是母羊生小羊的季節。籬笆內開滿了野花，空氣中飄蕩著似有似無的清香。喬・韋爾常幫漢娜的忙，而漢娜會替喬縫衣補襪。

他們有時候會在星期天一起出去散步。喬是個鰥夫，他的妻子四年前去世了。自從她去世之後，他坦率地承認自己開始酗酒。

這些日子以來，他不再常常去酒吧了，還給自己買了些新衣服。賈德納先生和太太看在眼裡，會心地笑了。

漢娜常常拿喬開玩笑，笑他笨手笨腳。喬一點也不介意。他看起來很不好意思，但是很高興。

春天過了之後是夏天，那年的夏天有個好收成。每個人都拚命工作。

收穫季節結束了，樹上的葉子都變成了紅色或金色。

十月八日那天，漢娜正在切一顆捲心菜。她抬起頭，突然看見帕克．潘先生靠在籬笆上。

「你！」漢娜——或者說，賴默夫人叫道，「你……」

她花了不少時間，才把自己要說的話統統宣泄出來，當她說完時幾乎喘不過氣來。

帕克．潘先生溫和地笑著。

「我很同意你的看法。」他說。

「你撒謊，你這個騙子！」賴默夫人重複著她剛才說過的話。「你和那個康斯坦以及什麼催眠術，還把那個可憐的漢娜．穆豪斯和瘋子關在一起。」

「不，」帕克．潘先生說，「這件事你誤會了。漢娜．穆豪斯並沒有被關進瘋人院，事實上根本沒有漢娜．穆豪斯這樣一號人物。」

「真的？」賴默夫人問，「我明明親眼見到那幅照片上有她呀！」

「假造的。」潘先生說，「這很容易。」

「那麼報上那則關於她的消息呢？」

「整張報紙都是假造的，為的就是使那兩則消息看起來像真的一樣，這樣才有說服力，而它們也確實發生作用了。」

「還有那個無賴，康斯坦博士！」

「那是個化名，他是我一個有表演天分的朋友。」

賴默夫人冷笑了一聲。

「哼！那我也並沒有被催眠吧？」

「事實上你的確沒有。在你喝的咖啡裡面有一劑麻醉藥。後來又用了別的藥物，接著我們用車子把你送到這裡，讓你慢慢甦醒。」

「那麼賈德納太太一直是你們的人了？」賴默夫人問道。

帕克．潘先生點了點頭。

「我想她是被你賄賂了！要不然，就是被你的連篇謊言騙了。」

「賈德納太太信任我，」潘先生說，「我曾經幫她唯一的兒子免受牢獄之災。」

他說出這句話時，臉上的神態不知為何讓賴默夫人覺得無言以對。

「那胎記又是怎麼回事？」她問道。

潘先生笑了。

「它已經在褪色了。再過六個月它就會完全消失。」

「這一切的把戲到底是為了什麼？把我當成傻瓜，讓我待在這兒當傭人……你知道我在銀行裡有那麼多存款。不過我想這沒什麼好問了。你一定是大大方方地在花我的錢。這套把戲的用意就在這裡。」

「有一點你說對了，」帕克．潘先生說，「那就是當你處於藥力控制下，我的確從你手中得到了委託代理權。你不在的期間，我管理了你的財務。但我可以向你保證，親愛的女士，除了當初你付給我的一千英鎊之外，我沒有私自動用過你一分錢。事實上，經由明智的投資，你的財產還有所增加。」

「那為什麼……」

賴默夫人剛想問個清楚，帕克．潘先生就插嘴了。

「我要問你一個問題，賴默夫人。」帕克．潘先生說，「你是個誠實的人，你會誠實地回答我。我想問你現在是否快樂？」

「快樂！你還問得出口！偷了一個女人的錢還問她是否快樂。我喜歡你的厚顏無恥！」

「你還在生氣，」他說，「這很理所當然。但是，請你先把我的種種不當之處都擱在一邊。賴默夫人，一年前的今天你到我的辦公室時，非常不快樂。現在你還會告訴我你不快樂嗎？如果是這樣，我道歉，並且任你處置。還有，我會把你付給我的一千英鎊全數歸還。告訴我吧，賴默夫人，你現在依然不快樂嗎？」

賴默夫人看著帕克．潘先生，當她終於開口時，垂下了眼簾。

「不，」她說，「不快樂的感覺消失了。」她的語氣中開始流露出一絲驚訝。「你說對了，我承認。自從艾布納去世後，我從未像現在這樣快樂過。我……我打算和一個在這兒工作的男人結婚，他叫喬．韋爾。下星期日我們就會宣布結婚的消息……我是說，我們原本打算下星期日宣布。」

「但是現在，當然了，一切都不同了。」

賴默夫人的臉脹得通紅。她往前衝了一步。

「你這是什麼意思，不同了？你以為擁有一大筆錢，就得當貴婦不可？我可不想當一個貴婦，謝天謝地，她們都是一群毫無用處的傢伙。喬很適合我，我也很適合他。我們彼此相屬，而且我們在一起一定會很快樂。至於你，愛管閒事的帕克先生，你站遠點，別在你不相干的事情裡頭瞎攪和！」

帕克．潘從自己口袋裡掏出一張紙遞給她。

「這張是代理委託書，」他說，「我該把它撕碎嗎？我想，你現在要管理自己的財產了。」

賴默夫人的臉上掠過一絲奇怪的表情。她把紙推了回去。

「拿走吧。我對你說了些不太客氣的話……有些是你應得的。你是個愛撒謊的傢伙，但我還是信任你。我只要七百英鎊存在這兒的銀行裡，我們能用那筆錢買下一個很棒的農場。其餘的……好吧，都捐給醫院好了。」

「你是說，把你的財產都送給醫院？」

「這正是我的意思。喬是個可愛的好人，但並不堅強。給他很多錢只會毀了他。我已經讓他戒酒了，而且我會讓他保持下去。感謝上帝，我知道我要什麼。我不會讓錢擋住我的幸福快樂。」

「你是個了不起的女人。」潘先生一字一字地說，「一千個女人當中，只有一個會像你這樣做。」

「那麼一千個女人當中，只有一個女人是明智的。」賴默夫人說。

「我脫帽向你致敬。」帕克．潘先生帶著一絲不尋常的語調說。

他嚴肅地戴上帽子後離開了。

「永遠不要告訴喬，記住！」賴默夫人在他身後喊道。

她站在夕陽下，手裡拿著那顆捲心菜，揚著頭，挺著肩。落日的餘暉勾勒出她的身影，一個樸實快樂的農家婦人……

07

你是否已如願以償？

Parker Pyne Investigates

一位身穿貂皮大衣的高䠷女子走在里昂車站的月台上，前頭走著扛重物的腳夫。

她頭戴一頂深棕色的編織帽，蓋住了半邊耳朵和眼睛。從另一邊傾斜的側影看得出來她長得十分迷人高雅，像貝殼一樣的耳朵邊露出一小簇金黃色的鬈髮。她看起來像個典型的美國人，而且的確是個美麗的女子。她走過即將出站的火車時，各個車廂裡都不斷有男人向她行注目禮。

每節車廂的兩側都掛著醒目的招牌：「巴黎—雅典」，「巴黎—布加勒斯特」，「巴黎—史坦堡」。

腳夫在最後的招牌前忽然停下來。他解開捆綁行李的繩子，箱子重重地跌在地上。

「到了，女士。」

臥鋪車廂列車員站在車門口。他上前一步，說道：「晚安，女士。」

他態度顯得很殷勤，也許是因為那件油亮貂皮大衣的緣故。

那位女子遞給他一張臥鋪車票。

「六號，」他說，「這邊請。」

他敏捷地跳上火車，女子跟了上去。他們匆匆穿過走道時，她差點和一位剛從隔壁包廂走出來的胖紳士撞個滿懷。倉卒一瞥間，她看到一張溫和的臉和一雙慈眉善目。

「到了，女士。」

列車員布置了一下房間，隨後打開窗戶，向腳夫招手示意。他的下屬把行李送進來，擺放在行李架上。那女子坐了下來。

她在身旁的座位放下手提包，以及一個暗紅色的小箱子。車廂裡很熱，但她好像沒想到要把大衣脫下來。她茫然注視著窗外。月台上的人們來去匆匆，還夾雜著不少小販：賣報紙的、賣枕頭的、賣巧克力的、賣水果的，還有賣礦泉水的。他們向她兜售商品，而她卻視若無睹。里昂車站漸漸從她的視野中消失，她的臉上寫滿悲傷和焦慮。

「你的護照？」

她恍如夢中，對列車員的話毫無反應。他站在門口又重複了一遍。艾兒希・傑佛瑞似乎猛然清醒過來。

「對不起，你剛才說什麼？」

「你的護照，女士。」

她打開手提包，掏出護照遞給他。

「好了，女士。我會隨時聽候你的差遣。」稍作停頓，他又說：「一路上我會為你服務，直到史坦堡為止。」

艾兒希掏出一張五十法郎大鈔遞給他。他擺出一種公事公辦的態度收下錢，然後問了些諸如什麼時候要鋪床、她是否要進餐等等問題。

一切就緒後，他退出房間。幾乎就在同時，餐車服務員沿著通道奔來，一邊拚命搖著小鈴，一邊吆喝著。

「第一輪服務，第一輪服務。」

艾兒希站起來，脫掉厚重的毛皮外套，稍稍照了鏡子，拿起她的手提包和珠寶箱走出包廂。她剛走沒幾步，就遇見餐車服務生沿著走道往回走。為了避開他，艾兒希退到她隔壁包廂的門口，那房間現在空無一人。正當服務員路過之後，她準備繼續往餐車走的時候，眼光不經意地落在座位上一個皮箱的標籤上。

那是一個結實的豬皮箱，稍微有些磨損。標籤上寫著「J．帕克．潘，往史坦堡」，皮箱上則刻著「PP」字樣的縮寫。

艾兒希吃了一驚，她在走道裡猶豫了一會兒，又折回自己的包廂，從桌上的雜誌和書籍中找出一份《泰晤士報》。

她在第一頁廣告欄中搜索，卻沒找到她要的東西。她皺了眉頭，重新走向餐車。侍者將她引到一張小桌子邊，對面已經有一位客人在用餐，就是她在走道裡險些撞到的那個人。實際上也就是豬皮箱的主人。

艾兒希偷偷打量他。他看起來溫和平靜、善良慈祥，而且說不出是什麼原因，他身上有種讓人寬心的安全感。他的舉止有保守的英國風，直到水果上了桌他才開始說話。

「這地方真熱。」他說。

「是的，」艾兒希說，「要是有人能把窗戶打開就好了。」

他遺憾地笑了一下。

「這不太可能！除了我們，在座的人都會反對。」

她也笑了一下作為回答。他們倆也沒有再多說什麼。

侍者送上咖啡，還有像往常一樣讓人難以辨認的帳單。艾兒希在帳單上放了些錢，突然間她鼓足了勇氣。

「打擾一下，」她低聲說，「我在你的手提箱上看到你的名字，帕克・潘。你是……你是否正好是……」

她躊躇著，他馬上替她解圍。

「我相信我是。也就是說……」他引用艾兒希曾在《泰晤士報》中不只一次注意到的廣告詞：「『你快樂嗎？如果不，請洽詢帕克・潘先生。』是的，我就是那位帕克・潘。」

「果真如此，」艾兒希說，「這是多麼……多麼不尋常啊！」

他搖搖頭。

「並非如此。在你看來也許是不尋常，對我來說卻不。」

他朝她笑笑，試圖打消她的疑慮，然後向前傾身。用餐的客人多半都已離開餐車。

「你不快樂嗎？」他問道。

「我……」艾兒希欲言又止。

「否則你就不會說『多麼不尋常』了。」他說道。

艾兒希沉默了一會兒。她覺得只要帕克・潘先生坐在那裡，就好像能帶給她安慰，這真是奇怪。

「是的，」她終於承認，「我……我不快樂。至少，有件事讓我憂心忡忡。」

他同情地點點頭。

「是這樣的，」她繼續說，「發生了一件很奇怪的事，到底該怎麼辦，我一點主意也沒有。」

「那就說給我聽聽如何？」潘先生建議道。

艾兒希想起那則廣告。她和愛德華以前談論過它，並且覺得可笑。她從未想過有一天她也……也許還是不要，萬一帕克．潘先生是個騙子……但他看起來像是個好人！

艾兒希下定決心。無論如何她也要消除這個顧慮。

「我會把一切都告訴你。我要去君士坦丁堡和我的丈夫會合。他從事和東方有關的生意，今年他覺得有必要去那裡。他是兩個星期前走的，先過去做一些必要的準備，好讓我去與他會合。只要一想到那裡，我就興奮極了，因為我從未去過國外。我們在英國待了六個月。」

「你和你丈夫都是美國人吧？」

「是的。」

「你們結婚的時間也還不長吧？」

「我們結婚一年半了。」

「幸福嗎？」

「噢，是的！愛德華是個不折不扣的天使！」她遲疑了一下。「也許不是很機靈，有點兒……嗯，可以說過於嚴謹，繼承了很多清教徒式的傳統什麼的。不過，他真的很可愛。」她匆匆加上一句。

帕克．潘先生若有所思地看了她一會兒，然後說：「請繼續說。」

「愛德華離家大約一星期後，我在他的書房裡寫信。我注意到吸墨紙是全新的，而且很乾淨，上面只有幾行印記。我恰好在讀一個偵探故事，其中有條線索就是從吸墨紙上面的印記找出來的。於是純粹為了好玩，我把它放到鏡子前。結果真是令人吃驚，潘先生……我是說，像他那樣溫順善良的人，誰也想不到他會和那種事扯上關係。」

「是的，是的，我明白你的意思。」

「要認出那些字並不難。先是有『妻子』字樣，然後是『辛普朗[6]快車』幾個字，再下面是『最佳時機是即將到達威尼斯的時候。』」她停住了。

「奇怪，」潘先生說，「非常奇怪。是你丈夫的筆跡嗎？」

「噢，是的。我絞盡腦汁也想不透是什麼樣的信他需要寫這幾個字。」

6 辛普朗（Simplon）是位於瑞士、義大利交界處的阿爾卑斯山口，附近有鐵路隧道。

「『最佳時機是即將到達威尼斯的時候。』」潘先生重複道，「非常奇怪。」

傑佛瑞太太略微傾身滿懷希望地看著他。

「我該怎麼辦？」她直截了當地問。

「恐怕，」帕克·潘先生說，「得即將到達威尼斯時我們才能決定。」他從桌上拿起一本小冊子。「這是本班列車的時刻表。明天下午兩點二十七分到達威尼斯。」

他們對視著。

「交給我吧。」帕克·潘先生說。

§

兩點零五分。辛普朗快車誤點十一分鐘，大約十五分鐘前剛過麥斯特。

帕克·潘先生和傑佛瑞太太一起坐在她的包廂裡，這趟旅行到目前為止還算愉快，而且一切風平浪靜。但是現在時刻已到，如果會有什麼事發生的話，現在是該發生的時候了。帕克·潘先生和艾兒希面對面坐著。她心跳加速，用一種飽含痛苦的哀求目光看著他，試圖從他那兒得到安全的保證。

「保持冷靜，」他說，「你很安全。我在這兒。」

走道裡突然傳出一聲尖叫。

「啊，快來人哪，快來人哪！火車起火了！」

艾兒希和帕克・潘先生跳起來衝到走道裡。一個斯拉夫面孔的女子正驚恐不安地大叫，車廂前部的一個包廂裡濃煙瀰漫。帕克・潘先生和艾兒希沿著走道跑過去，其他人也全跑過來。那個包廂裡已經濃煙密布，先到的幾位被煙燻得咳嗽不止，連連後退。列車員出現了。

「那包廂是空的！」他喊道，「不要驚慌，女士先生們，火勢一定會被控制住。」

乘客們驚魂未定，七嘴八舌地議論紛紛。此時火車正駛過連接威尼斯的大橋。

猛然間，帕克・潘先生轉身從身後聚集的一小群人當中擠出一條路，匆匆向艾兒希的包廂跑去。那位斯拉夫面孔的女子正坐在裡面，朝著打開的窗戶大口大口地喘氣。

「對不起，女士，」帕克・潘說，「這不是你的包廂。」

「我知道，我知道。」斯拉夫女子說，「對不起，我嚇壞了，心臟有點受不了。」

她縮回到座位上，指了指打開的窗戶，大口地深深吸氣。

帕克・潘先生站在門口，他的聲音充滿父親般的慈愛，令人聽了心安。

「不必擔心，」他說，「我相信火勢並不嚴重。」

「不嚴重？感謝上帝！我感覺好多了。」她打算起身。「我要回自己包廂去了。」

「暫時還不行，」帕克・潘先生輕輕把她按回去。「請你再稍等片刻，女士。」

「先生，這太過分了！」

「女士，你必須留下。」

他冷冷地說。那女人僵直地坐在那兒瞪著他。這時艾兒希走了進來。

「好像是個煙霧彈。」她上氣不接下氣地說，「可惡的惡作劇。列車員快氣瘋了。他正讓每一個人……」

她頓住了，盯著包廂裡的第二個人。

「傑佛瑞太太，」帕克．潘先生說，「你那個暗紅色的小箱子裡裝的是什麼東西？」

「我的珠寶。」

「能不能麻煩你看一下它們是否安然無恙。」

斯拉夫女人立刻連珠炮似的說了一連串話。她改用法語，以便更適當地表達語意。

就在這時，艾兒希拿起了珠寶箱。

「噢！」她叫道，「它被人打開了。」

「我要向火車公司起訴你們！」斯拉夫女子結束了她的咒罵。

「全都不見了！」艾兒希大聲叫道，「所有的東西！我的鑽石手鐲，爸爸給我的項鍊，還有翡翠和紅寶石戒指，以及一些漂亮的鑽石胸針。謝天謝地，我剛好把我的珍珠項鍊藏起來。噢，潘先生，我們該怎麼辦？」

「請你把列車員找來。」帕克．潘先生說，「我保證在他過來之前，這位女士不會離開這裡半步。」

「歹徒！惡人！」斯拉夫女子尖叫著，不斷破口大罵。

火車到達了威尼斯。

此後半個小時內發生的事無須詳述。帕克・潘先生用若干種不同的語言和若干位不同的官員打交道，但均告失敗。那位涉嫌偷竊珠寶的女士同意接受搜查，但結果表明她是無辜的。珠寶不在她身上。

從威尼斯到的里雅斯特[7]的路上，帕克・潘先生和艾兒希討論了這樁珠寶失蹤案。

「你最後一次看到你的珠寶是在什麼時候？」

「今天早晨。在我放好昨天戴的藍寶石耳環、拿出一串珍珠時。」

「珠寶一樣都不缺嗎？」

「嗯，當然了，我並沒有一一檢查，但看起來和往常沒什麼不同。頂多可能丟了一枚戒指吧，但僅此而已。」

帕克・潘先生點了點頭。

「那麼，列車員今天早晨什麼時候收拾包廂？」

「我去餐車時隨身帶著箱子。我總是隨身帶著它，除了剛才跑出去那一會兒的時間。」

「這麼說來，」帕克・潘先生說，「那位自稱受到傷害的無辜女士蘇貝卡——隨她怎麼

7　的里雅斯特（Trieste），位於義大利東北方的港口。

稱呼自己吧——一定就是小偷。但她究竟怎麼處理那些東西呢？她只進來待了一分半鐘，剛好來得及用配好的鑰匙打開箱子，拿出珠寶……但是接下來怎麼辦？」

「會不會是交給別人了？」

「不可能。當時我已轉身往回走。如果有人從這包廂裡出來，我應該會看到。」

「也許她把東西扔給窗外某個接應的人。」

「這個假設非常巧妙。不過事情發生時，列車正在穿越海洋，而我們又在橋上。」

「那麼，她絕對是把珠寶藏在車上了。」

「我們來找找看。」

艾兒希非常急切地開始四處搜尋，而帕克．潘先生顯得有些心不在焉。艾兒希責怪他沒有盡力而為，他連忙為自己開脫。

「我正在想，我必須在的里雅斯特發一封很重要的電報。」他解釋說。

艾兒希愛理不理地接受了這個解釋。帕克．潘先生的形象在她心目中一落千丈。

「你好像有點生我的氣，傑佛瑞太太。」他淡淡地說。

「嗯，你好像失手了。」她反脣相譏。

「親愛的女士，你要知道我不是一名偵探。盜竊和犯罪根本不在我的研究範圍內，探究人類的心理才是我的專長。」

「我上火車的時候是有點不高興，」艾兒希說，「但是和我現在的情況相比，那簡直不算什麼！我只能放聲大哭。我漂亮的手鐲，還有訂婚時愛德華送我的訂婚戒指。」

「你一定為你的珠寶保過險了吧？」帕克・潘先生插了一句。

「保險了嗎？我不知道。也許是吧，我想是保過險了。不過我對那些東西很有感情，潘先生。」

火車開始減速，帕克・潘先生向窗外張望。

「的里雅斯特，」他說，「我得去拍電報了。」

§

「愛德華！」

列車到了史坦堡，艾兒希遠遠看到她丈夫從月台上快步走來，一下子變得精神煥發。此時此刻，連珠寶的失竊都被拋在腦後。她也忘了自己在吸墨紙上發現的可疑字句。現在她忘記了一切，只記得她和丈夫已經分離了兩個星期。儘管他有點嚴肅、有點一本正經，他仍然是個迷人的男人。

他們剛要離開車站時，艾兒希覺得有人輕輕拍了她的肩膀。她轉過頭去，原來是帕克・潘先生。他溫和親切的臉上蕩漾著和善的微笑。

「傑佛瑞太太，」他說，「半小時後你能到托卡蓮飯店來找我嗎？我有個好消息要告訴你。」

艾兒希遲疑地看著愛德華，然後為二人引薦。

「這位，呃，是我丈夫——這位是帕克．潘先生。」

「我想你太太已經說了她珠寶失竊的事情，」帕克．潘先生說，「我一直在盡我所能地幫她找回來。我想再過半小時，就會有些消息。」

艾兒希的目光徵詢地望著愛德華。他立刻回答道：「去吧，親愛的。托卡蓮飯店是吧，潘先生？好吧，我保證她會準時抵達。」

§

半小時後，艾兒希被帶入帕克．潘先生的私人客廳。他站起來迎接她。

「你對我非常失望，傑佛瑞太太，」他說，「你不必否認。嗯，我不會假裝是個魔術師，但我會盡力而為。看看這裡面是什麼。」

他從桌上拿起一個小硬紙盒遞給她。艾兒希打開它。戒指、胸針、手鐲、項鍊，全都在裡面。

「潘先生，多麼神奇啊！這……這簡直太棒了！」帕克．潘先生謙虛地微笑著。

「很高興我沒讓你失望，親愛的女士。」

「噢，潘先生，我真是羞愧難當！從的里雅斯特開始，我就對你態度惡劣，但現在……你把珠寶全找回來了。你是怎樣找到它們的？什麼時候？在哪兒？」

帕克・潘先生若有所思地搖了搖頭。

「說來話長，」他說，「總有一天你會知道。事實上，你很快就會知道。」

「為什麼不能現在告訴我？」

「出於種種原因。」帕克・潘先生說。

艾兒希不得不滿懷好奇地離開了。

等她走後，帕克・潘先生戴上帽子，拿起手杖，來到培拉的街上。他一邊走一邊對自己微笑，直到來到一家小咖啡館門前。那時候的客人不多，從那裡可以俯瞰金角灣[8]。在另一邊，史坦堡的清真寺在午後天空的映襯下顯得更加多采多姿。景色真美。潘先生坐下來叫了兩杯咖啡。咖啡很快送來了，味道又濃又甜。他剛剛喝了自己面前那杯一口，一位男子就坐到對面的座位上。此人正是愛德華・傑佛瑞。

「我幫你點了杯咖啡。」帕克・潘指了指桌上那個小杯子。

愛德華把咖啡推到一邊，從桌上探過身來。

8 金角灣（Golden Horn），土耳其歐洲部分博斯普魯斯海峽的海灣，構成伊斯坦堡港口。

「你是怎麼知道的？」他問。

帕克．潘先生陶陶然享用他的咖啡。

「你太太已經告訴你她在吸墨紙上的發現吧？沒有？噢，她會告訴你的，她只不過是一時忘了。」

他說了艾兒希的發現。

「很好，這件事和即將到達威尼斯時發生的怪事剛好符合。出於某種原因，你在幕後操縱了這起珠寶盜竊案。但為什麼要說『最佳時機是即將到達威尼斯的時候』呢？這似乎毫無道理。你為什麼不讓你的……呃，代理人自己選擇時間和地點？

「突然間，我恍然大悟了。你太太的珠寶在你離開倫敦前就被人用假珠寶掉了包。但是這個解決辦法你並不滿意。你是個品格高尚、謹慎盡責的年輕人，你擔心某個傭人或其他無辜的人會受到懷疑。失竊事件必須確實在某個地方以某種方式發生，但不能牽涉到你的家人或朋友。

「你提供那位執行者一把珠寶箱的鑰匙和一顆煙霧彈。她要在適當的時間製造假火警，以引起混亂，然後衝進你太太的包廂打開珠寶箱，把假珠寶統統拋進大海。她可能會受到懷疑甚至是搜身，但因為珠寶不在她手上，不會有任何證據對她不利。

「所以，選擇地點的重要性變得不言而喻。如果珠寶是被拋到鐵路沿線上，那它們很可能會被發現，於是選擇一列火車駛過海洋上方的時刻便成了關鍵所在。

「同時，你在這兒安排出售珠寶的事宜。只要竊案發生，你就可以將珠寶脫手。但我的電報及時送達你的手中。你遵從了我的指示，把珠寶送到托卡蓮飯店等我來處理。因為你知道不照我的話來做，我就會依言把此事交給警方處理。你也依照指示來到這兒見我。」

愛德華・傑佛瑞用哀求的目光望著帕克・潘先生。他是個英俊的青年，個子高大，皮膚白皙，下巴圓潤，眼睛又大又圓。

「我怎麼樣才能讓你明白呢？」他絕望地說，「對你來說，我一定和一般的小偷沒什麼兩樣。」

「一點也不。」帕克・潘先生說，「剛好相反，我認為你是非常誠實可靠的人。我習慣把人分為不同的類型。而你呢，親愛的先生，自然是屬於受害者那一類。來吧，告訴我究竟是怎麼回事？」

「四個字，『敲詐勒索』……就是那麼回事。」

「嗯？」

「你見過我太太。你看得出來她是多麼純潔天真，對罪惡一無所知。」

「是的。」

「她的心地非常單純。一旦她發現……我做過的一些事，一定會離開我。」

「是嗎？這不是問題所在。你究竟做了什麼，年輕的朋友？我猜和女人有關？」

愛德華・傑佛瑞點了點頭。

「在你們結婚之後，還是之前？」

「之前……噢，之前。」

「到底發生了什麼事？」

「什麼也沒有，這正是這個故事殘酷的地方。事情發生在西印度的一家飯店裡，有個非常迷人的女人——一位羅塞特太太在那裡逗留。她丈夫是個脾氣惡劣的人，動不動就變得非常粗暴。一天晚上他用手槍威脅她，她都快被嚇瘋了，逃出來跑到我房間。她……她央求我讓她在我房間裡待到天亮。我……我還能怎麼辦呢？」

帕克．潘先生注視著面前這個年輕人，他也問心無愧地回視，目光中充滿了正直和誠懇。帕克．潘先生嘆了口氣。

「換句話說，傑佛瑞先生，你被騙了。」

「難道……」

「是的，沒錯，一個老掉牙的把戲，但對有俠義心腸的年輕男子總是能發揮作用。我想當你宣布你即將舉行婚禮時，敲詐也就隨之而來了？」

「是的。我收到一封信。如果我不交出一定數目的錢，他們會向我未來的岳父揭露一切，說我如何……離間這位年輕女子對她丈夫的感情；別人如何見她進我的房間；她丈夫要提出離婚訴訟。真的，潘先生，整件事把我說成一個徹頭徹尾的流氓。」

他心煩意亂地抹了抹前額。

「是的，我明白了。所以你付了錢，而他們仍然不時來敲詐你。」

「是的。這次實在是走投無路。我們的生意受到經濟蕭條的嚴重打擊，我根本找不到任何現金。不得已我想到這個辦法。」他端起他那杯已經變涼的咖啡，心不在焉地看了一眼，然後一飲而盡。「我現在該怎麼辦？」他可憐兮兮地問，「我到底該怎麼辦，潘先生？」

「我告訴你該怎麼辦。」帕克．潘先生堅決地說，「我會對付那些折磨你的人。至於你太太，你得趕緊回去告訴她實情，或者至少是一部分實情。你唯一應該隱瞞的事情，就是發生在西印度的真實情況。你必須對她隱瞞你是……嗯，中了圈套，正如我剛才所說。」

「但是……」

「親愛的傑佛瑞先生，你不了解女人。如果一個女人必須在傻瓜和唐璜之間做出選擇，她每次都會選擇唐璜。而你的太太，傑佛瑞先生，是一位性情純真、品格高尚的女士。和你在一起的生活中，她所能獲得的唯一刺激，就是相信自己挽救了一個浪子。」

愛德華．傑佛瑞張大了嘴巴瞪著他。

「我是認真的。」帕克．潘先生說，「現在這個時候，你太太依然愛著你，但從我看到的跡象告訴我，如果你一直給她這種誠實正派的印象，甚至變得更加單調乏味，那麼她很可能不會再愛你了。

「去跟她說吧，我的孩子。」帕克．潘先生慈祥地說，「坦白一切……我是說，盡你所能地捏造一些事情。然後解釋說自從你見到她的那一刻起，你就決心痛改前非。你甚至偷錢去付給他們，為了使這些事情不傳到她的耳朵裡。她會滿懷激情地原諒你。」

「但是實際上並沒有什麼事情需要原諒……」

「真相是什麼？」帕克．潘先生說，「根據我的經驗，它通常是破壞計畫的事情！你必須對女人撒謊，這是婚姻生活的基本法則。她喜歡這樣！去求她原諒你，我的孩子，從此幸福快樂地生活在一起。我敢說以後每當有漂亮女孩來到你身旁，她都會警覺地看著你。有些男人不喜歡這樣，但我想你不會。」

「除了艾兒希以外，我對別的女人不感興趣。」傑佛瑞先生簡潔地回答道。

「好極了，我的孩子。」帕克．潘先生說，「不過如果我是你，這一點絕不會讓她知道。沒有一個女人會喜歡一個對她死心塌地的男人。」

愛德華．傑佛瑞站起身來。

「你真的認為……」

「我非常確定。」帕克．潘先生堅決地說。

08

巴格達之門

Parker Pyne Investigates

「四座雄偉的城門環繞著大馬士革之城……」

帕克．潘先生輕聲吟誦著弗萊克[9]的名句。

命運的甬道，荒漠的大門，我便是巴格達之門，
災難的深淵，恐懼的堡壘，通向迪亞巴克的走廊。

他正站在大馬士革的街道上。在靠近東方旅館的一側，看到一輛碩大無比的六輪臥式客車。翌日它將載著他和其他十一人穿越沙漠，駛向巴格達。

逾越無法穿行，哦，大篷車，
逾越無法歌唱。你是否聽見
於群鳥已死的靜謐中，卻有鳥鳴般的啾啾？
逾越，穿行，哦！大篷車，厄運的大篷車，死亡的大篷車！

真是截然不同。巴格達之門原是死亡之門。大篷車要橫貫四百英里的沙漠。長達一個月的旅程令人疲乏厭倦。而現在這個隨處可見的喝汽油怪物，卻能在三十六小時內走完全程。

「帕克．潘先生，你在說什麼？」

這是妮塔．普萊斯小姐急切的聲音。她是旅行隊伍中最年輕也最有魅力的成員。儘管她有個嚴厲的姑媽——那個老女人對聖經知識有狂熱的渴望，而且似乎還長了一些些鬍子——但妮塔還是設法用老普萊斯小姐可能會反對的方式找了一些樂子。

帕克．潘先生重複一遍弗萊克的詩句。

「真恐怖。」妮塔說。

一旁正站著三個身穿空軍制服的人，其中一位妮塔的崇拜者插嘴進來。

「現在的旅行仍然很恐怖，」他說，「即使是現在，車隊偶爾會遭到土匪襲擊。還會迷路……這也經常發生，到那時候就要派我們去搜索。有個傢伙在沙漠裡迷路五天，幸好他帶著足夠的水。還有路途的顛簸。顛簸得太嚴重了！已經死了一個人。我告訴你們的全都是真的！他睡著了，人被顛簸起來，結果頭撞到汽車頂篷，就這樣死掉了。」

「是在六輪客車裡嗎，奧羅克先生？」老普萊斯小姐發問道。

「不，不是在六輪客車裡。」年輕人否認。

「但是，我們總得看看風景呀。」妮塔說。

她的姑媽拿出一本旅遊指南。

9　弗萊克（James Elroy Flecker, 1884-1915），英國詩人。

妮塔縮身擠出了人群。

「我知道她一定會要我帶她去看某些地方，像是聖經上記載的聖保羅被掛在窗外的那種地方，」她輕聲說，「但我真的很想逛逛集市。」

奧羅克立即回答：「跟我來吧。我們可以從那條叫直街的路出發……」

他們悄然離去。

帕克．潘先生轉向身邊一直不吭聲的人。他名叫漢斯萊，任職巴格達公共服務部。

「第一眼看到大馬士革，總會有點失望，」他帶點遺憾地說，「不過總算有些文明跡象。有電車、時髦的房屋和商店。」

漢斯萊點點頭。他是個沉默寡言的人。

「你覺得有……但歸根究柢起來其實沒有。」他擠出一句話來。

不知不覺有另一個人走來。一個皮膚白皙的年輕人，打著一條老的伊頓公學領帶，有一張友善卻有些茫然的臉，看起來有點焦慮。他和漢斯萊在同一個部門工作。

「你好，史梅瑟，」他的朋友說，「丟了什麼東西嗎？」

史梅瑟上尉搖搖頭。他是一個略微遲鈍的年輕人。

「只是四處看看。」他含糊其辭，隨即又似乎打起了精神。「晚上玩一把，如何？」

兩個朋友一同離去。帕克．潘先生買了一份法文版的當地報紙。

他沒有發現任何有趣的事。當地新聞對他毫無意義，其他地方似乎也沒有什麼重要消息。他找到幾段標題，是有關倫敦的新聞報導。

第一段是金融報導。第二段是關於畏罪潛逃的金融家塞繆爾・朗恩的可能去向。他盜用公款估計達三百萬英鎊，傳聞他已經逃到南美洲。

「對於剛滿三十歲的人來說，這種下場還不算太壞。」帕克・潘先生自言自語。

「對不起，你說什麼？」

帕克・潘轉身，原來是從布林迪西[10]到貝魯特同船的一位義大利將軍。

帕克・潘先生解釋了一下他的評論。義大利將軍不斷地點頭。

「這傢伙了不起，連義大利都有人被他騙。全世界都相信他，還誇他受過良好教養。」

「噢，他曾就讀伊頓公學和牛津大學。」帕克・潘先生小心翼翼地說。

「你認為他會被逮捕歸案嗎？」

「這要看他逃到什麼地方。他可能仍在英格蘭，也有可能……在任何一個地方。」

「在這裡和我們一起嗎？」將軍大笑道。

「有可能。」帕克・潘先生恢復了嚴肅。「就你所知，將軍，我也有可能是他。」

將軍對他驚訝地一瞥，橄欖色的臉上隨即釋出一個理解的微笑。

10 布林迪西（Brindisi），義大利海港。

「哦！這太好了，真是太好了。但是你……」

他的視線從帕克．潘先生的臉上移到身上。

帕克．潘先生準確詮釋了對方這一瞥的含義。

「你不能只從外表來判斷。」他說，「另外，嗯，讓一個人體型，嗯，變得富態是很容易辦到的，而且這對改變歲數有明顯的效果。」他又喃喃加上幾句：「當然了，還有染髮，改變膚色，甚至更換國籍。」

波利將軍滿腹狐疑地退開。他永遠不知道英國人會嚴肅到何等程度。

帕克．潘先生當晚去看了電影娛樂一下，隨後去了「歡樂夜王宮」。在他看來，那地方不像宮殿，也沒什麼快樂可言。各色女子毫無韻味地舞動，連掌聲也是有氣無力。

帕克．潘先生忽然看見了史梅瑟。這位年輕人正獨自一人坐在桌邊，臉色通紅。帕克．潘先生馬上就看出來他已經喝了很多酒，便走過去坐在他身邊。

「不要臉，那些小姐居然這種態度。」史梅瑟上尉沮喪地嘟囔著，「買了兩杯喝的給她……還是三杯？好多杯吧，居然喝完就走，還和那些義大利佬哈啦，真是不知恥。」

帕克．潘先生頓生同情。他提議喝點咖啡。

「來點燒酒，」史梅瑟說，「那可是好東西。老哥，你嘗一口。」

帕克．潘先生知道燒酒的威力。他支吾了幾句，然而史梅瑟搖起了頭。

「我已經弄得一團糟了，」他說，「得幫自己找些樂子才是。如果你是我，你會怎麼辦？我可不能出賣朋友。什麼？我是說……等等，我該怎麼辦？」

他打量著帕克．潘先生，好像才剛發現他的存在。

「你是誰？」他藉著酒勁粗魯地問道，「你是幹什麼的？」

「招搖撞騙的。」帕克．潘先生不疾不徐地說。

史梅瑟打起精神熱切地盯著他。「什麼，你也是？」

帕克．潘先生從自己的錢包裡掏出一張剪報，放在史梅瑟面前的桌子上。

「你不快樂嗎？（上面這樣寫道）若是如此，請向帕克．潘先生洽詢。」

史梅瑟費了一番勁才看清楚。

「竟有這種事。」他脫口而出。「你是說，人們跑來找你，告訴你很多事？」

「是的，他們向我傾訴祕密。」

「我猜是一堆愚蠢的女人。」

「的確有很多女人，」帕克．潘先生承認。「但也有男人。怎麼樣，我年輕的朋友？你現在就想得到忠告嗎？」

「你他媽的閉嘴，」史梅瑟上尉說，「不關任何人的事……任何人，除了我自己以外。見鬼的燒酒在哪兒？」

帕克．潘先生遺憾地搖搖頭。

他打消了為史梅瑟提供諮詢的念頭。

§

前往巴格達的旅行隊伍於早晨七點出發。這是一個十二人的小團體。帕克．潘先生和波利將軍、老普萊斯小姐和她的侄女、三個空軍軍官、史梅瑟和漢斯萊，以及一對姓龐特米的亞美尼亞母子。

一開始的旅行太平無事。大馬士革的果樹不久就被拋在身後。年輕的司機不時憂心忡忡地抬頭望著多雲的天空。他和漢斯萊交換了一下意見。

「在魯特巴[11]的另一邊已經下了好大的雨，希望我們不會碰上。」

中午時分，他們停下來休息。裝著午餐的方形紙盒在人們手中傳遞。兩名司機煮了茶水，用紙杯盛著喝。他們重新上路，在無邊無際的平原上行進。

帕克．潘先生想起坐大篷車慢吞吞旅行的日子……

趕在日落時分之前，他們來到了沙漠中的魯特巴城堡。

高大的城門並未上門。客車穿過大門，駛進了城堡內院。

「這感覺真是刺激。」妮塔說。

盥洗之後她便急著要去散步。空軍中尉奧羅克和帕克．潘先生自告奮勇充當保鑣。出發時，經理跑來請他們不要走太遠，因為天黑之後就很難找到來時路了。

「我們只到近處走走。」奧羅克答應了。

散步並不十分有趣。四周的景致幾乎一模一樣。

帕克・潘先生一度彎腰撿起了什麼東西。

「那是什麼？」妮塔好奇地問。

他拿給她看。

「一塊史前的燧石，普萊斯小姐，一塊打火石。」

「他們，用這個打人嗎？」

「不，它有更和平的作用。但我想，如果他們用這東西殺人的話也可以辦到。重要的是殺人的『意願』……至於用什麼工具則無關緊要，總能找到什麼武器。」

天色漸漸暗下來。他們跑回城堡。

享用一頓由各種罐頭組成的晚餐後，他們坐下來抽菸。客車將在十二點繼續上路。

司機看起來有些不安。

「附近有段路不太好走，」他說，「我們可能會陷進去。」

他們都爬上大客車各自坐好。普萊斯小姐因為搆不到她的一個手提箱而生氣。

「我得換上拖鞋。」她說。

11 魯特巴（Rutbah），位於伊拉克境內的城鎮。

「比較有可能需要膠鞋，」史梅瑟說，「據我所知，我們會陷在一大片泥淖裡。」

「我連替換的絲襪都沒有。」妮塔說。

「沒關係，你們就待在車上。只有更為強壯的異性才需要下來推車。」

「到哪兒都得帶上替換的襪子。」漢斯萊拍拍外套口袋。「天有不測風雲。」

車裡的燈關上了。汽車發動駛入夜色中。

前面的路還好，因為坐的是旅行客車，免去劇烈的顛簸，但不時也有較大的晃動。

帕克．潘先生坐在前排的座位上。走道另一邊是包裹在頭巾和披肩裡面的亞美尼亞女人，她的兒子坐在她後面。坐在帕克．潘先生身後的是兩位普萊斯小姐。將軍、史梅瑟、漢斯萊和皇家空軍軍人坐在車尾。

汽車在夜色中匆匆前進。帕克．潘先生發現要入睡實在很困難。他的位置很擠。亞美尼亞女人的雙腳伸出來，已經侵入他的領地。總之，她可是舒服得很。

其餘的人似乎都睡著了。帕克．潘先生感覺睡意悄然襲來。正在這時，一陣劇烈的顛簸幾乎把他拋向車頂。他聽到車尾有個睡意朦朧的抗議聲。

「開穩點！你想撞斷我們的脖子嗎？」

睡意又來襲。幾分鐘後，在脖子仍不舒服的垂落情況下，帕克．潘先生慢慢睡著……

他突然驚醒。六輪客車已經停了下來。有些人在下車。漢斯萊簡短地說道：「我們陷下去了。」

帕克．潘先生小心翼翼地踏進泥漿裡，想看看發生了什麼事。這時雨已經停了，月亮高掛在天上。藉著月光可以看到兩名司機奮力搬動千斤頂和石塊，試著把車輪弄出來。大多數男乘客都在幫忙。三位女客從車窗裡向外張望。老普萊斯小姐和妮塔臉上饒有興致，亞美尼亞女人則帶著掩飾不住的厭惡感。

在司機的號令下，男乘客們服從地用力推車。

「那個亞美尼亞的傢伙在哪裡？」奧羅克問道，「像隻貓一樣把腳裹得又暖和又舒服嗎？把他從車上叫起來！」

「還有史梅瑟上尉，」波利將軍也發現了。「我沒看到他。」

「那可惡的傢伙還在睡覺呢，瞧瞧他。」

的確如此。史梅瑟仍然坐在他的座位上，低垂著頭，整個身子蜷縮成一團。

「我去叫醒他。」奧羅克說。

他跳進車門，一會兒後又出現了，但聲音卻變了。

「我看他是病了……或是怎麼了。醫生在哪兒？」

空軍軍醫史蓋倫．李德．羅福特——一個灰髮沉默的人——從車輪邊的人群中站出來。

「他怎麼了？」他問。

「我……我不知道。」

醫生上了汽車，奧羅克和帕克．潘先生跟著他。他朝著蜷縮成一團的人彎腰。看一眼、摸一下就已經足夠了。

「他死了。」他鎮靜地說。

「死了？現在？」人們七嘴八舌地問道。

妮塔叫了出來：「天哪！真可怕！」

羅福特繃著臉轉過身來。

「一定是頭撞到車頂，」他說，「路上曾有過劇烈的顛簸。」

「不會是這麼死的吧？會不會有別的原因？」

「在仔細檢查之前我無可奉告。」羅福特乾脆地說。

他環視四周。空氣頓時緊張起來。女客們擠得更緊了，男客們也正從車外湧進來。

帕克．潘先生和司機說了幾句話。司機是個身強力壯的年輕人，他依次將女客抱過泥地，讓她們在乾燥的地面上落腳。抱龐特米女士和妮塔都很輕鬆，但抱起笨重的普萊斯小姐就有些腳步踉蹌了。

大家都離開了六輪客車，只留下醫生在裡面做檢查。

男客們繼續去架起車輪，這時太陽已經從地平線上冒了出來。這是宜人的一天，泥地迅速乾燥起來，但汽車仍然陷在裡頭。已經折斷三個千斤頂了，卻仍然毫無進展。司機開始準備早餐，打開蔬菜罐頭，煮了茶水。

在不遠的地方，史蓋倫．李德．羅福特做出診斷。

「他身上沒有任何受傷的痕跡。我說過了，他一定是頭撞到了車頂。」

「你相信他的確是自然死亡？」帕克．潘先生問。

他似乎話中有話。醫生迅速地看了他一眼。

「另外只有一種可能。」

「是什麼？」

「有人用類似沙袋的東西打了他的後腦勺。」他的聲音聽起來帶著歉意。

「不太可能。」另一位空軍軍官威廉斯說，他是個胖胖的青年。「我的意思是說，沒有人能這樣做而不被我們發現。」

「如果我們睡著了就可以。」醫生提出異議。

「這很難確定。」另一人指出。

「起來幹這件事一定會弄醒其他人。」

「只有一個辦法，」波利將軍說，「就是凶手正好坐在他後面。他可以挑選時機，甚至不用從自己的座位上站起來。」

「誰坐在史梅瑟上尉身後？」醫生問。

奧羅克立即回答：「是漢斯萊，先生。所以，你的猜測行不通。漢斯萊是史梅瑟最好的朋友。」

一陣沉默。隨後帕克．潘先生輕柔但篤定地說道：「我認為，」他說，「空軍中尉威廉斯有話要告訴我們。」

「我，先生？我，呃……」

「說吧，威廉斯。」奧羅克說。

「沒什麼，真的……什麼也沒有。」

「說出來吧。」

「只不過是我聽到的片言隻語……在魯特巴的時候，在庭院裡，我回客車去取菸盒，正在到處找尋的當下，有兩個人在外頭走過，其中一個是史梅瑟。他說……」

他停了下來。

「接著說呀。」

「他說什麼不想讓朋友失望。他的聲音聽起來很痛苦。然後他說：『到達巴格達之前，我對誰也不會說；但是到了那裡就不行了。你必須馬上離開。』」

「另外那個人是誰？」

「我不知道，先生。我發誓我不知道。天黑了，他又沒說幾個字，我聽不出來。」

「你們之中誰和史梅瑟很熟？」

「所謂的『朋友』，一定是指漢斯萊。」奧羅克說道，「我認識史梅瑟，但只是點頭之交。威廉斯剛出軍營，史蓋倫．李德．羅福特也一樣，他們以前絕對沒見過面。」

兩人都點頭稱是。

「將軍你呢？」

「直到我們坐同一輛車從貝魯特穿過黎巴嫩時，我才見到這個年輕人。」

「那個亞美尼亞小夥子呢？」

「他不可能認識史梅瑟，」奧羅克肯定地說，「況且，亞美尼亞人根本沒膽殺人。」

「我大概有另外一條小小的線索。」帕克．潘先生說。

他重述了在大馬士革咖啡館裡和史梅瑟的談話。

「他用了一句老話——不能出賣朋友。」奧羅克若有所思地說，「他很擔憂。」

「沒有人想到別的事情嗎？」帕克．潘先生問。

醫生咳了咳。

「可能一點關聯也沒有……」他起了個頭。

他突然激動起來。

「但我確實聽到史梅瑟對漢斯萊說：『你不能否認部門裡有狀況。』」

「什麼時候聽到的？」

「昨天早晨從大馬士革出發前。我以為他們在談論商店，沒想到……」他停下來。

「我的朋友，這很有趣。」將軍說，「你在一點一滴地蒐集線索。」

「醫生，你提到沙袋，」帕克．潘先生說，「有人可以製造出這種武器嗎？」

「有的是沙子。」醫生毫無表情地說，一邊用手抓起一把。

「用襪子裝一些就可以了。」奧羅克遲疑地說。

每個人都想起了前一天夜裡漢斯萊說過的話：「到哪兒都得帶上替換的襪子。天有不測風雲。」

一陣沉默。然後帕克·潘先生平靜地說：「羅福特先生，我相信漢斯萊先生多餘的襪子一定在車上他的外套口袋裡。」

他們的視線投向地平線上一個來回踱步的憂鬱身影。發現死者之後，漢斯萊就離開了人群。因為大家都知道他和死者是朋友，所以都尊重他獨處的意願。

「你能去把它們拿過來嗎？」

醫生在猶豫。

「我不想去……」他抱怨道，又看了遠處移動的身影。「這樣做偷偷摸摸的。」

「請你務必拿過來。」帕克·潘先生說。

「情況很特殊，我們在這裡孤立無援，卻又必須知道真相。如果你把襪子拿來，我想我們離真相又近了一步。」

羅福特服從地轉身離去。

帕克·潘先生將波利將軍拉到一邊。

「將軍，你和史梅瑟上尉隔著通道對面而坐吧？」

「正是如此。」

「車裡頭有人起來走動過嗎？」

「只有那個英國老太太普萊斯小姐。她去過車尾的洗手間。」

「她走得跌跌撞撞嗎？」

「當然了，她隨著汽車東倒西歪。」

「她是不是你看到唯一走動的人？」

「是的。」

將軍好奇地盯著他說：「我不明白，你究竟是誰？你在發號施令，但你又不是軍人。」

「我的生活閱歷很豐富。」帕克．潘先生說。

「你以前旅行過？」

「不，」帕克．潘先生說，「我是坐辦公室的。」

羅福特拿著襪子回來了。帕克．潘先生從他手上接過來檢查。其中一隻襪子裡面還沾著一些潮溼的沙子。

帕克．潘先生深深吸了一口氣。

「現在我知道了。」他說。

所有的目光都集中到地平線上那個移動的身影。

「如果可以的話，我想再看看屍體。」帕克．潘先生說。

他和醫生一起走到蓋著防雨布的屍體旁。

醫生掀起防雨布。

「沒什麼可看的。」他說。

帕克・潘先生的眼睛盯著死者的領帶。

「這麼說，史梅瑟是伊頓公學的畢業生。」他說。

羅福特有些愕然。然而，帕克・潘先生的話更讓他意外。

「你對年輕的威廉斯了解多少？」他問。

「一無所知。我是在貝魯特見到他的。我剛從埃及來。但這是為什麼？顯然……」

「哦，根據他提供的線索，我們可以絞死某個人，對吧？」帕克・潘先生愉快地說，「所以當然要謹慎點。」

他似乎仍對死者的領帶和衣領很感興趣。他解開領釦，隨即發出一聲輕呼。

「看見這個了嗎？」

在衣領內側有一小塊圓形血漬。

他在死者的脖子上細細察看。

「醫生，他並不是死於頭部的重擊，」他很有把握地說，「他是被刺死的，在頭蓋骨底下，你可以看到細小的刺孔。」

「我竟然沒發現！」

「你已經有成見。」潘先生略表遺憾。「頭部重擊。這足夠讓你忽略其他細節，所以你沒看見傷痕。用鋒利凶器猛然刺入會立即斃命，受害者連喊叫都來不及。」

「你是不是指短劍？你認為是將軍……」

「在一般人的想像中，義大利人總是和短劍形影不離……啊，有一輛車開過來了！」

一輛客車出現在地平線上。

「好極了，」奧羅克跳了進來。「女士們可以坐那輛車走了。」

「該怎麼處置凶手呢？」帕克．潘先生問。

「你是說漢斯萊……」

「不，我指的不是漢斯萊，」帕克．潘先生說，「我剛好知道漢斯萊是清白的。」

「你……原因是什麼？」

「哦，你看，他的襪子裡有沙子。」

奧羅克目瞪口呆。

「孩子，」帕克．潘先生平靜地說，「我知道這聽起來不合情理，但事實的確如此。史梅瑟並非被人砸到腦袋致死。你看，他是被刺死的。」

他停了一分鐘，然後繼續說：「再回頭想想我告訴你們的話……我和死者在咖啡館裡的對話。有些不尋常的地方你注意到了，可是有另外一個地方觸動了我。當我開玩笑說我是騙子時，他說：『什麼，你也是？』你們不認為這很奇怪嗎？我不覺得從政府機關盜用公款的行為可以稱為詐騙。這個詞語，應該用來形容潛逃的塞繆爾．朗恩先生這種人才貼切。」

醫生嚇了一跳。奧羅克說：「是的，也許吧……」

「我曾經開玩笑說，也許潛逃的朗恩先生就在我們當中。假設這是事實吧。」

「什麼？這絕不可能！」

「未必。對於別人，除了他們的護照和自我介紹之外，你又了解多少呢？我是不是真的帕克．潘先生？波利將軍真的是一位義大利將軍嗎？顯而易見，需要刮鬍子的老普萊斯小姐是如此壯碩，你對她又知道多少？」

「但是他……史梅瑟，不認識塞繆爾．朗恩啊？」

「史梅瑟多年前畢業於伊頓公學，塞繆爾．朗恩也曾在伊頓公學就讀，史梅瑟可能認識他，儘管沒跟我們說過。他有可能在我們當中認出了朗恩。如果是這樣，他會怎麼做？他頭腦簡單，為此而擔憂，最後他決定在到達巴格達之前守口如瓶，不過到了那兒之後，他就不會再保持沉默了。」帕克．潘先生說。

「你認為朗恩就是我們其中一位。」奧羅克仍一臉惶惑地說。

他深吸了一口氣。

「一定是那個義大利佬，一定是……那麼，那個亞美尼亞人呢？」

「保留英國人的本來面目，比化裝成外國人再弄一本外國護照要簡單得多。」

「普萊斯小姐？」奧羅克難以置信。

「不，」帕克．潘先生說，「這才是我們要找的人。」

他看似友好地把手按在某人肩上，但聲音已冰冷至極，手指像鉗子用力抓住對方。

「史蓋倫．李德．羅福特……或者塞繆爾．朗恩先生，你叫他什麼都沒關係。」

「這不可能，不可能。」奧羅克急促地說，「羅福特已經在軍隊中服役多年了。」

「你從來沒見過他吧？他和每個人都素未謀面。他當然不是真正的羅福特。」

那個一語不發的人終於開口了。

「聰明絕頂的猜測，不過你是憑什麼猜到的？」

「憑你荒誕的結論，認為史梅瑟是頭撞到車頂而死。我們昨天在大馬士革聊天時，奧羅克的話讓你突發奇想。你就想，多簡單啊！你是我們之中唯一的醫生，你說什麼就是什麼。你有羅福特本尊的裝備，以及他的手術器械，很容易找到小巧的凶器。你俯身對他說話，突然間就把凶器刺進去。你又接著說了一兩分鐘話，車裡很暗，誰會懷疑？

「然後屍體被發現了，你做出你的結論，但事實上並不像你以為的那麼簡單，大家仍然半信半疑。於是你退到第二層防線。威廉斯聽到史梅瑟和你的談話，別人卻以為是漢斯萊，於是你無中生有編造了漢斯萊的部門裡有狀況的對話。然後我做了最後的試探。我提到沙子和襪子，你手上正好握著一把沙子，於是我請你去找那雙襪子。我告訴大家從這裡我們可以了解真相，但是我想的和你們以為的其實不一樣。因為我早已檢查過漢斯萊的襪子！兩隻裡面都沒有沙子，是你放進去的。」

塞繆爾．朗恩先生點了一根菸。

「我認輸，」他說，「我的氣數已盡。好吧，運氣好的時候我一路暢通，後來他們愈追愈近。我在到達埃及的火車上遇見羅福特。他正要趕來巴格達與你們會合，但他一個人也不認識。真是銷聲匿跡的大好機會。我買通了他，花了我兩萬英鎊。對我來說這點錢算什麼！後來，真是見鬼了，我碰上史梅瑟……如果天底下還剩一個傻瓜，那就是他了！他是我伊頓公學的校友。當時他對我非常崇拜。他不知道該不該去告發我。我費了好大工夫，才讓他答應在到達巴格達之前守口如瓶。但到了那裡後，我還能有什麼機會呢？不會有了。所以只有一條路可走——殺他滅口。但我確信自己並不是天生的殺人凶手。我的才能在另一方面。」

他的臉陡然變色，身體搖晃了兩下，一頭向前栽倒。

奧羅克俯下身去。

「大概是氰化物，藏在菸裡。」帕克．潘先生說，「這個賭徒輸掉最後一步棋。」

他環視四周那一望無際的沙漠，陽光灑落在他身上。昨天他們才從大馬士革出發，穿過那扇巴格達之門。

逾越無法穿行，哦，大篷車，
逾越無法歌唱。你是否聽見
於群鳥已死的靜謐中，卻有鳥鳴般的嘰啾？

09

設拉子之屋

Parker Pyne Investigates

在巴格達稍事停留之後，帕克．潘先生於清晨六點動身前往波斯。

單翼飛機上的乘客空間很有限，狹窄的座椅無法讓帕克．潘先生的身體有任何舒適感。另外還有兩位遊客同行，一個是身寬體胖、面色紅潤的男子，帕克．潘先生判斷他一定有喋喋不休的毛病；另一個是身材瘦削、嘴唇有些噘起的女子，看起來很有主見似的。

「不管怎麼說，」帕克．潘先生想，「他們看來都不像需要找我諮詢的人。」

他們的確不是。瘦小的女人是一位美國傳教士，深以刻苦工作為樂；面色紅潤的男子是一家石油公司的雇員。在出發之前，他們已經向同行者做過簡要的自我介紹了。

「恐怕我只是個旅行者而已。」帕克．潘先生輕描淡寫地說，「我要去德黑蘭、伊斯法罕[12]和設拉子[13]。」

他唸出這些地名時帶點音樂般的韻味。他又重複了一遍，德黑蘭、伊斯法罕和設拉子。帕克．潘先生俯瞰腳下的大地。平坦的沙漠。他感受到這塊廣袤無垠罕有人跡的土地所蘊涵的神祕。

飛機在克爾曼沙赫[14]降落，檢查護照過了海關，帕克．潘先生的一個包裹被打開，海關工作人員饒有興致地檢查一個小紙盒，還提出不少問題。因為帕克．潘先生既聽不懂也不會說波斯語，事態當場變得複雜起來。

飛機的駕駛員正好走了過來。他是個英俊的金髮德國青年，深藍色的眼睛，經過風吹日曬的臉龐。

「出了什麼事？」他友好地詢問。

帕克．潘先生已經煞費苦心地比手畫腳做解釋，可是看來毫無作用，這時總算鬆了一口氣，轉向駕駛員說：「這是除臭蟲的藥粉，你可以向他們解釋清楚嗎？」

飛機駕駛員一臉茫然。

「什麼？」

帕克．潘先生用德語把他的解釋重複一遍。飛行員咧嘴笑了起來，再將他的話翻譯成波斯語。嚴肅的工作人員鬆了一口氣，陰沉的臉轉為笑容，其中一個甚至爆出一陣大笑。他們覺得這段插曲真有意思。

三位乘客再次登上飛機繼續航行。他們在哈馬丹[15]降低高度拋下郵件，不過飛機並未停留。帕克．潘先生向下俯瞰，試圖辨認出拜希斯頓岩石。在這個傳奇性的地方，古波斯王大流士曾用三種文字——巴比倫文、米底亞文和波斯文——記載了他帝國的疆域和征服的歷程。

12 伊斯法罕（Ispahan），伊朗第三大城市。
13 設拉子（Shiraz），伊朗西南部城市，十四世紀回教文化中心，有許多清真寺，以設拉子地毯聞名。
14 克爾曼沙赫（Kermanshan），伊朗城市。
15 哈馬丹（Hamadan），伊朗西部城市。

他們到達德黑蘭是下午一點，有更多的警察在處理通關手續。德國飛行員走過來，微笑著站在一邊，看著帕克．潘先生回答他聽不懂的一大堆問題。

「我都說了什麼？」他問德國人。

「你說你父親的教名叫旅行者，你的職業是查理，你母親的名字叫巴格達，你從哈里特來。」

「這有關係嗎？」

「一點關係也沒有。隨便回答什麼都可以，這就是他們需要的答案。」

帕克．潘先生對德黑蘭非常失望，他發現這個城市現代化得令人感到壓抑。第二天晚上，他走進旅館遇到了飛機駕駛員赫爾．施拉格時，也是這麼對他說的。心血來潮下，他邀請飛行員共進晚餐。德國人接受了邀請。

身穿古典裝束的侍者寫下他們點選的菜單。菜餚很快送來了。

當他們吃到甜點……一道有點黏膩的巧克力點心時，德國人問：「你要去設拉子？」

「是的，我坐飛機是要到那裡去，然後從設拉子由陸路返回伊斯法罕和德黑蘭。明天我坐的還是你的飛機嗎？」

「噢，不是。我要返回巴格達。」

「你在這裡待了很久？」

「三年了。我們簽定三年的服務合約。至今我們從未出過意外事故，unberufen[16]！」他敲了敲桌面。

兩杯厚厚的杯子盛著甜咖啡端了上來，兩人點上菸。

「我第一次載送的乘客是兩位女士，」德國人回憶道，「兩位英國女士。」

「是嗎？」帕克．潘先生說。

「一位是出身名門的年輕小姐，你們一位部長的女兒——她叫什麼名字來著——艾瑟．卡爾女士。她很漂亮，非常漂亮，卻是個瘋子。」

「瘋子？」

「徹底的瘋子。她住在設拉子當地一棟大宅院，穿的是東方裝束，看起來完全不像歐洲人。出身良好的小姐會過這種日子嗎？」

「過這種日子的還有別人，」帕克．潘先生說，「比如希絲塔．史坦霍普夫人……」

「不一樣，她是個瘋子。」德國人打斷了他。「你可以從她的眼神看得出來，戰爭時期我的潛艇指揮官的眼神和她一樣。現在他住在精神病院。」

帕克．潘先生陷入沉思。他記得麥德佛爵士——艾瑟．卡爾的父親——金色頭髮、帶著笑意的藍眼睛、是位皮膚白皙的壯漢。他擔任內政部長時，帕克．潘先生曾在他底下工作

16　德語，意思是「棒極了」。

過。他也見過麥德佛夫人，一個有著天鵝絨般的碧眼、頭髮烏黑亮麗的愛爾蘭大美人。他們倆都是相貌堂堂的正常人，然而卡爾家族具的有精神病方面的遺傳。消失了一兩代之後，遺傳的毛病又會冒出來。他暗忖，赫爾．施拉格強調這件事，這似乎有點不太尋常。

「還有另外一位小姐呢？」他只是隨意問道。

「另外一位小姐……死了。」

他的聲音中有某種意味，帕克．潘先生警覺地抬頭看他。

「我的心被觸動了。」赫爾說，「對我來說，那位小姐是最美麗的。你知道，愛情這種事總是說來就來。她是一朵鮮花，一朵鮮花。」他深深地嘆息。「我去看過她們一次，在設拉子的那棟房子裡。是艾瑟小姐請我去的。我的小寶貝，我的鮮花，我看得出來有什麼東西讓她害怕。當我再次從巴格達返回時，我聽說她已經死了。死了！」

他停了停，然後若有所思地說：「或許，是另外那個人殺了她。那人是個瘋子。」

他嘆了一口氣。帕克．潘先生叫了兩杯甜酒。

「加橙皮的柑香酒，味道不錯。」侍者一邊說，一邊送上了兩杯柑香酒。

§

第二天午後，帕克．潘先生第一次看到了設拉子。他們飛越狹長荒蕪的山谷、延伸的山脈、乾燥的不毛之地，以及枯焦的荒野。然後設拉子就突然跳入眼簾，宛如荒原腹地中的一顆碧綠翡翠。

帕克．潘先生喜歡設拉子而不喜歡德黑蘭。旅館的原始粗陋並不使他感到震驚，街道的骯髒簡陋他也不怕。

他發現自己正處在波斯人的節日當中。從前一天傍晚開始，往後的十五天裡，波斯人要慶祝南如節──這是他們的新年。他漫步穿過空無一人的市集，走進城市北部伸展的廣闊空間。整個設拉子都在慶祝。

一天，他走出城，去了詩人哈菲茲[17]的墓地。在回來的路上，他被一棟房子迷住了。那是一棟鋪著天藍色、玫瑰色和鵝黃色磚瓦的房子，蓋在池塘、橘樹和玫瑰的綠色花園中。他覺得，這真是一棟夢幻之屋。

當晚他和英國領事共進晚餐時，問起了那棟房子。

「迷人的地方，對吧？它是早先一個富有的執政官所建造。在盧里斯坦[18]任職期間他大撈了一筆。現在有個英國女人住在那裡。你一定聽過她──艾瑟．卡爾小姐，極度瘋狂，已

17　哈菲茲（Hafiz，約 1325-1390），十四世紀波斯詩人。

18　盧里斯坦（Luristan），伊朗的一個省。

經完全和當地人同化了。她不願意和任何英國人或英國相關的事情扯上關係。」

「她年輕嗎？」

「年輕得不可能這樣裝瘋賣傻。她大約三十歲。」

「曾經有另一個英國女人和她在一起，對吧？後來死了？」

「是的，大約是三年前的事。事實上，正好是我到這兒就職的第二天。前任領事巴哈姆是突然去世的。這你知道。」

「她是怎麼死的？」帕克・潘先生直截了當地問。

「從二樓的平台摔下來。她是艾瑟小姐的女僕或是女伴，我忘了是什麼身分。總之，她正端著早餐盤子，向後踩了個空。真是悲慘。我們已經無能為力了。她的顱骨撞在下面的石頭上。」

「她叫什麼名字？」

「好像是金恩吧，還是薇麗絲？不，這是那個女傳教士的名字。她是個漂亮的小姐。」

「艾瑟小姐傷心嗎？」

「是的……不，我不知道。她古怪得令人難以了解。我搞不懂。她是個非常……嗯，傲慢的人。你可以看得出來她是有身分地位的人物，如果你懂我的意思。她發號施令的方式，以及她閃亮的黑眼睛，真的讓我嚇一跳。」

他有些羞愧地笑了起來，隨即好奇地看著他的同伴。帕克・潘先生顯然瞪著空氣發呆。

剛剛劃著想去點菸的火柴在他手上燃燒，自己卻全無知覺，一直燒到了手指引發一陣灼痛，他才趕緊扔掉火柴。然後他看到領事驚愕的表情，不禁微笑了起來。

「不好意思。」他說。

「你是不是想得出神了？」

「是想太遠了。」帕克．潘先生神祕地說。

他們談起別的話題。

當天晚上，帕克．潘先生在小油燈下寫了一封信。他猶豫了很久不知如何措辭，但最後的內容又非常簡單：

帕克．潘先生謹向艾瑟．卡爾小姐致以誠摯的敬意。如你需要諮詢，三天內本人將在遠東旅館恭候大駕。

他附上了一張剪報，那則著名的廣告：

你快樂嗎？如果答案是「不」，那麼請來里奇蒙街十七號，讓帕克．潘先生為你解憂。

「這個計策一定會成功。」帕克．潘先生精神奕奕地爬上令他很不舒服的床鋪。「我想想看，快三年了。是的，會有用的。」

次日下午大約四點有了回音。回信是一個不懂英文的波斯僕人帶來的。

帕克・潘先生若能當晚九時光臨舍下，艾瑟・卡爾小姐將不勝榮幸。

帕克・潘先生微微笑了。

當晚，又是這個僕人把他引進門，帶他穿過黑暗的花園，登上屋外的樓梯，繞到房子的背後。那兒有一扇門開著，他走進了天井或是平台。牆邊放著一張大沙發，斜倚著一個動人的女士。

艾瑟小姐穿著東方式的長袍，彷彿她這個偏好是因為東方裝束更適合她濃郁而散發東方氣質的美。傲慢，那個領事這樣形容她，她的確看起來是很傲慢。下顎高高抬起，眉毛也帶著一股傲氣。

「你就是帕克・潘先生？請坐。」

她指著一堆軟墊，中指上頭閃耀著一枚刻有她家族紋章的綠寶石戒指。那是她的家傳之物，一定值不少錢，帕克・潘先生想。

他順從地坐下來，儘管稍微有點困難。對於像他這樣身材的人來說，要優雅地席地而坐實在是不容易。

一個僕人端著咖啡出現了。帕克・潘先生接過杯子，禮貌性地喝了一口。

女主人習慣於東方式的悠閒自在。她不急著進入談話階段，半瞇著眼睛啜飲咖啡，終於開口了。

「你幫助那些不快樂的人，」她說，「至少你的廣告上是這麼說的。」

「是的。」

「你為什麼把它送來給我過目？這是你……在旅行途中做生意的方式嗎？」

她的話明顯地令人不快，但帕克・潘先生不予理會。他簡單地回答：「不，我對於旅行的概念是：沒有業務壓力的純粹假期。」

「那為什麼還要把廣告送來給我看？」

「因為我有理由相信，你……不快樂。」

一陣沉默。他非常好奇，不知道她會如何回答。她給自己一分鐘的時間考慮，然後她笑了。

「你以為任何一個人離開了花花世界，與家人祖國斷絕來往——就像我這樣——一定會很不快樂！悲傷、絕望，你認為有這樣的情緒，才會導致自我放逐？噢，算了，你怎麼能理解呢？在那兒，在英國，我只是一條離開水的魚，但是在這兒，我就是自己。從內心深處來說，我是一個東方人。我喜歡這種隱居的生活。我敢說你一定無法理解。對你而言，我一定看起來像……」她遲疑了一下。「像個瘋子。」

「你不瘋。」帕克・潘先生說。

他的聲音帶著相當程度的確定。她驚訝地看著他。

「但是，他們一直說我是瘋了。荒唐！這個世界上什麼人都有。我非常快樂。」

「但你請我登門拜訪。」帕克・潘先生說。

「我必須承認我很好奇，想一睹尊容。」她猶豫了一下又說：「此外，我永遠不會回去的——回英國。不過，無論如何，我也想知道有什麼事在……」

「在你遠離的那個世界裡發生？」

她點點頭算是回答。

帕克・潘先生開始娓娓道來。他的聲音柔和悅耳，充滿撫慰。他輕輕地講述著，在強調某件事的時候才略微加重語氣。

他談起了倫敦、社會新聞、名士淑女、新開張的酒店和夜總會、賽馬會、鄉間狩獵、別墅醜聞；他談到了服飾、巴黎時裝，和不起眼的街道上那些可以盡情討價還價的小店鋪。

他描述了戲院和電影院，介紹了上映的新片；他描繪了新落成的花園住宅區；他談到了植物和園藝；他帶著思鄉的情緒提起倫敦夜景，軌道電車和巴士來回穿梭，忙碌的人群結束了一天的工作後趕著回家，每個人都有一個溫暖的小窩在等待他們的歸來；最後還談到了英國式的親密家庭生活。

這是一場出色的表演，顯示了非比尋常的廣泛知識和列舉事實的巧思。艾瑟小姐的頭低垂了下來，泰然自若的傲慢神色早已蕩然無存，好幾次淚水無聲地滑落。他結束了談話。她解除了所有的偽裝哭了出來。

帕克・潘先生默不作聲，只是坐在那兒望著她，臉上默默地帶著滿意的表情，就像是做了一次實驗，得到了想要的結果一樣。

終於她抬起了頭。

「好了，」她挖苦地說，「你滿意了？」

「我想是的。」

「我怎麼能忍受得了永遠不離開這兒、永遠不見任何人？」哭聲從她的身體裡爆發出來。她猛然直起身子，滿臉通紅。「好了。」她刻薄地問道，「你怎麼不說那些想當然耳的評論？你怎麼不說：『如果你這麼想回家，為什麼不回家呢？』」

「不，」帕克・潘先生搖搖頭。「對你來說沒那麼簡單。」

她的眼神裡第一次出現一絲驚恐的神色。

「你知道我為什麼不能回去嗎？」

「我想我知道。」

「錯了，」她搖搖頭。「我不能回去的原因你是永遠猜不到的。」

「我從不猜測，」帕克・潘先生說，「我觀察，然後分析。」

她搖搖頭。

「你什麼都不知道。」

「我想我可以說服你。」帕克．潘先生友善地說，「艾瑟小姐，我相信你到這兒來的時候，坐的是從巴格達起飛的新德國航空公司的飛機。」

「是的。」

「你們的飛機是一位年輕的飛行員駕駛的，赫爾．施拉格，後來他還到這兒探望你們。」

「是的。」

和上一個「是的」有著微妙的不同……這次的語氣更柔和了些。

「你有一個朋友，或者說是同伴，已經去世了。」這句話的語氣像鋼鐵一般冰冷，令人不快。

「是同伴。」

「她名叫……」

「穆芮兒．金恩。」

「你喜歡她嗎？」

「喜歡？什麼意思？」她停頓，想了一下說：「她對我很有用。」

她的話裡頭帶著傲慢。帕克．潘先生想起了領事的話：「你可以看得出來她是有身分地位的人物，如果你懂我的意思。」

「她死的時候你傷心嗎？」

「我，當然！潘先生。是否真的有談論此事的必要？」她生氣地說，不等回答就接了下去。「非常感謝你的光臨，但是我有點累了，是否可以告訴我該如何感謝你……」

帕克．潘先生文風不動，但也沒露出不悅的神色。他不動聲色地繼續問：「從她死了之後，赫爾．施拉格就沒來過了。假如他來了，你會接待他嗎？」

「當然不會。」

「完全拒之門外？」

「百分之百。赫爾．施拉格並不受歡迎。」

「是的，」帕克．潘先生若有所思地說，「你只能這樣說。」

她傲慢自大的防禦盔甲開始動搖了。她猶豫地說：「我……我不知道你在說什麼。」

「艾瑟小姐，你知不知道年輕的施拉格愛上了穆芮兒．金恩？他是個多愁善感的小夥子，依然珍藏著對她的回憶。」

「真的嗎？」她的聲音輕得像耳語。

「她是個什麼樣的女人？」

「你是什麼意思？她是個什麼樣的女人，我怎麼會知道？」

「你總有仔細看她的時候吧。」帕克．潘先生溫柔地說。

「哦，你是指這個！她是一個長得滿不錯的年輕女子。」

「和你的年紀差不多？」

「沒差多少。」她停了停，問道：「你為什麼認為……施拉格還在思念她？」

「因為他對我這樣說。是的，這是無庸置疑的。我說過，他是個多愁善感的年輕人，很願意把他的心事對我一吐為快，對於她的死，他很傷心。」

艾瑟小姐跳了起來。

「你認為是我謀殺了她？」

帕克．潘先生並沒有像她一樣跳起來。他不是那種會大驚小怪的人。

「不，親愛的孩子，」他說，「我不相信你會謀殺她。事已至此，我想你最好還是趕快停止這場演出，回家去吧。」

「你說什麼演出？」

「事實上，你嚇壞了。是的，真實的情況是你完全嚇壞了。你害怕自己會因謀殺雇主而受到指控。」

她全身陡然一震。

帕克．潘先生繼續說：「你並不是艾瑟．卡爾小姐。到這裡之前我就知道了。不過為了確認清楚，我還是試探了一下。」他的臉上綻放出一個和藹可親的微笑。

「我剛才談話時，一直看著你的臉。每次你都是以穆芮兒．金恩的身分來回應，而不是艾瑟．卡爾。廉價的商店、電影院、坐軌道電車或巴士回家……你對這些事情都有反應。鄉間別墅的醜聞、新開張的夜總會、倫敦社交界的蜚短流長、賽馬會……聽到這些你卻無動於衷。」

他的語音更加循循善誘，充滿了父愛。

「坐下來把一切都告訴我。你並沒有謀殺艾瑟．卡爾小姐，但是你認為你會被控告謀殺。告訴我這一切是怎麼發生的。」

她深深吸了一口氣，再次把整個身子都陷在沙發裡，這才開始說話。她的敘述有點急促。

「我必須說，剛開始我……很害怕她。她是個瘋子，並不是非常瘋狂，只是有一點點。她把我帶到這兒來。我就像個傻瓜一樣開心，以為這種事情很浪漫。傻瓜，我就是一個小傻瓜。這事還和一個司機有關。她見到男人就瘋狂……沒錯，就是這樣。他不願意和她有任何關係，後來這事曝光了。她的朋友都知道了，她成了大家的笑柄。於是她從家族中消失，來到了這兒。

「沙漠中的獨居或諸如此類的事情，只是為了不讓自己丟臉而裝模作樣罷了。她會在這裡裝腔作勢過一陣子，然後就回家。但她愈來愈不正常了。後來就碰到那個飛行員。她，看上了他。他到這兒來看我，她以為……噢，你可以理解的。但是，他一定是對她把話都說清楚了……

「於是她突然對我大發雷霆。她真可怕得嚇人。她說我永遠也回不了家。她說我只能任由她擺布，我只是個奴隸，只是一個奴隸而已。她操縱著我的生殺大權。」

帕克・潘先生點點頭。當時的情景在他面前展現。艾瑟小姐逐漸越過理智的邊緣，就像她家族中其他祖先所做的舉動，而這個被嚇壞的小姐對此一無所知，又從未出過遠門，遂相信了雇主所說的一切。

「但是有一天，我身體裡的某個東西突然爆發了。我和她對抗起來。我告訴她，如果她想把我怎麼樣，我其實比她身強力壯得多。我告訴她我會把她扔到下面的石頭上去。她被我嚇到了，真的嚇到了。她一直以為我是個溫順馴良的人。我向她逼近……她一定以為我真的會幹出什麼事。她向後退。她……她踩了個空，從那兒摔了下去！」穆芮兒・金恩把臉埋在雙手裡。

「後來呢？」帕克・潘先生柔聲問道。

「我嚇昏了頭。我想，他們會說是我把她推下去的。我猜沒人會相信我的話。我可能會被關進可怕的監獄。」她的嘴唇在顫動，帕克・潘先生清楚看到她被無可名狀的恐懼牢牢懾住。「後來我突然想到……如果摔下去的是我！我知道政府剛派來一個新的英國領事，他從來沒見過我們。前任領事剛好去世。

「我想僕人們很容易對付。對他們來說，我們只是兩個瘋瘋癲癲的英國女人。一個死了，另一個還會繼續待著。我給了他們不少錢，讓他們去請英國領事過來。他來拜訪時，我以艾瑟小姐的身分接待他，而且戴著她的戒指。他是個好人，處理了所有的後事，沒有任何一絲懷疑。」

帕克・潘先生沉思著點點頭。艾瑟・卡爾小姐可能是瘋狂透頂，但她畢竟是艾瑟・卡爾小姐。

「後來，」穆芮兒繼續說，「我真希望不是這樣。我發現自己也愈來愈瘋狂。我就像被判了罪一樣留在這裡繼續扮演我的角色。我不知道該如何收場。現在如果我說出真相，更會讓別人覺得是我謀殺了她。噢，潘先生，我該怎麼辦？我該怎麼辦？」

「怎麼辦？」帕克・潘先生以他這種身材所能做到的最敏捷動作站了起來。「親愛的孩子，現在你和我一起去見英國領事。他是個和藹可親又寬宏大量的人。當然會有令人不愉快的司法程序，我不能保證一帆風順，但你不會因謀殺而上絞架。對了，為什麼早餐盤子會在她的屍體旁邊？」

「是我扔下去的。我……我想這樣死者會更像是我。是不是很愚蠢？」

「漂亮。」帕克・潘先生說，「事實上，這一點確實讓我懷疑是不是你殺死了艾瑟小姐……不過，那是在我見到你之前。當我見到你之後，就知道無論你這輩子幹過什麼事，都不會去殺人。」

「你是說我沒這個膽量？」

「你的意識不會讓你做出這種事。」帕克・潘先生微笑著說，「現在我們可以走了嗎？還有殺風景的事需要面對，不過我想你會沒事的。然後就回你司崔姆山的家……是司崔姆山，對吧？應該沒錯，我想一定對的。當我提到某一班去那裡的公共汽車時，你的臉色起了很大的變化。可以走了嗎，親愛的？」

穆芮兒．金恩躊躇不前。

「他們不會相信我的。」她忐忑不安地說，「她的家人和所有的人，統統不相信她有那麼瘋狂。」

「交給我辦吧。」帕克．潘先生說，「你知道，我知道一些有關這個家族的歷史。來吧，孩子，不要再膽怯了。記住，有個小夥子憂傷得心都快碎了。我們最好快一點，這樣你才能趕上他開的飛機回巴格達。」

女孩微笑了，臉上一陣紅暈。

「我準備好了。」她簡單地說。當她向門口走去時，又轉過身來問道：「你說你見到我之前，就知道我不是艾瑟．卡爾小姐，你是怎麼知道的？」

「分析事實。」帕克．潘先生說。

「分析事實？」

「是的。麥德佛爵士和他的夫人都是藍色眼睛。當領事提到他們的女兒有一雙黑眼珠時，我就知道一定有什麼不對。棕色眼睛的人可能會生下藍眼睛的孩子，反之卻不可能，我可以斬釘截鐵地告訴你，這是科學證明的事實。」

「你真是了不起！」穆芮兒．金恩說。

10

珠寶的價值

Parker Pyne Investigates

旅行隊度過了漫長而疲憊的一天。清晨他們從阿曼出發時，涼篷下的氣溫已是華氏九十八度。天色暗下來之際，他們剛好到達佩特拉[19]，這座城市的中心有著宏偉壯觀到不可思議程度的紅色岩石。

他們一行七人。凱萊布．P．布倫德先生，大腹便便的美國商界巨頭；他的祕書吉姆．赫斯特，皮膚黝黑、相貌堂堂，可是有點沉默寡言；議員唐納德．馬維爾爵士，一個面容疲倦的英國政客；卡弗博士，世界著名的考古學家；陸軍上校杜波克，一個勇敢的法國人，剛從敘利亞過來；還有一位很難用職業頭銜來表明身分的帕克．潘先生，談吐間表露出英國人的穩重；最後一位是漂亮但被寵壞的卡洛．布倫德小姐，她是六個男人之外唯一的女性，這樣的身分讓她洋洋自得。

他們在大帳篷裡用晚餐，挑選各自睡覺的帳篷。他們談論近東的政局——英國人小心翼翼，法國人謹言慎行，美國人多少有點愚昧自大，考古學家和帕克．潘先生卻很少說話，看來他們兩人都喜歡扮演聽眾的角色。吉姆．赫斯特也是如此。

後來他們談起大家參觀過的城市。

「真是無法用語言形容的浪漫。」卡洛說，「想想看，他們——你們叫他們什麼來著——納巴特人，那麼早以前就在這裡居住了。早在有史以前！」

「不可能吧，」帕克．潘先生和善地說，「你說呢，卡弗博士？」

「噢，這不過是大約兩千年前的事。如果說敲詐勒索的行為叫作浪漫，那麼也可以說納巴特人是浪漫之徒了。應該說，他們是一群富有的流氓，強迫過路人從他們開闢的道路上經過，而且決意讓其他道路都走不安穩。皮特拉是他們勒索得來的財富儲藏地。」

「你認為他們只是搶劫犯？」卡洛問，「只不過是普通的賊罷了？」

「賊這個字眼不夠浪漫，布倫德小姐。賊讓人想到低級的小偷。搶劫犯幹的勾當比較大張旗鼓。」

「說是現代金融家怎麼樣？」帕克．潘先生眨眨眼睛。

「這是在說你呢，老爸！」卡洛說。

「一個會賺錢的人能夠造福人類。」布倫德先生言簡意賅地總結。

「人類，」帕克．潘先生喃喃自語，「常常會忘恩負義。」

「什麼是誠實？」法國人發問。「一種視場合而定的習俗，不同的國家有不同的含義。阿拉伯人不以偷竊為恥，也不以撒謊為恥。對他們來說，重要的是偷誰的東西，或是對誰撒謊。」

「完全正確，的確是這樣。」卡弗同意。

「這個觀點表現了與東方相比之後西方人所具有的優越性。」布倫德說，「當這些可憐

19　佩特拉（Petra），約旦境內的一座古城。

的人們受到教育……」

唐納德爵士漫不經心地加入了談話。

「教育根本沒用，只會教給別人一大堆沒用的東西。我的意思是說，江山易改，本性難移。」

「什麼？」

「噢，我是說……打個比方，一朝偷竊，終生是賊。」

片刻死寂的沉默。然後卡洛開始熱烈地談論起蚊子，她父親立即回應。

唐納德爵士有些迷惑，向鄰座的帕克．潘先生耳語。

「看來，我說了些不該說的話，是不是？」

「是有點奇怪。」帕克．潘先生說。

不管這一刻的談話陷入怎樣的窘境，有個人幾乎沒有意識到這種氛圍。考古學家一聲不吭地靜坐著，眼神迷離發呆。談話稍有停頓時，他突然冒失地開口說：「你們知道，」他說，「我同意那個說法……至少，可以換個角度來看。不管一個人本質上是否誠實，反正你永遠無法改變他。」

「你不相信誘惑會讓一個誠實的人在一瞬間變成罪犯？」帕克．潘先生問。

「不可能！」卡弗說。

帕克．潘先生緩緩地搖頭。

「我可不會這麼說。你知道，有那麼多需要考慮的因素。人總是有弱點。」

「你認為什麼叫作弱點？」年輕的赫斯特首次開口發問，他的嗓音渾厚迷人。

「人需要調節大腦來承受負荷，導致犯罪的動機——將一個誠實的人變成一個不誠實的人——可能僅出於一件瑣碎的小事。因此大多數犯罪行為都是荒謬可笑的。起因十之八九是超過負荷的瑣事。打個比方吧，可能是壓垮一頭駱駝的最後一根稻草。」

「你談的是犯罪心理學，我的朋友。」法國人說。

「如果一個罪犯是心理學家，他會是怎麼樣的罪犯呢？」帕克·潘先生說，他的聲音和藹地強調這一點。「想想，你遇到的十個人裡頭，至少有九個會在正確的誘導下去做你希望他做的事。」

「能解釋一下嗎？」卡洛叫道。

「一種是欺善怕惡的人，衝著他大聲叫嚷，他就會聽你的。一種是心態叛逆的人，可以強迫他去做和你希望相反的事。還有一種會受暗示支配的人，這種類型最常見。對這些人而言，如果他們說看見了發動機，那是因為他們聽見發動機轟鳴作響；他們說看見了郵差，其實是因為他們聽見信箱發出聲音；他們看見一把刀插在傷口裡，是因為他們聽說某人被刺傷了；或者他們會聽見槍聲，如果某人告訴他們有人被打死了。」

「我想，沒有人能夠那樣影響我。」卡洛難以置信。

「你很聰明，親愛的，不會被人那樣支配。」她父親說。

「你說得非常對。」法國人回應道，「先入為主的概念欺騙了感官。」

卡洛打了個哈欠。

「我要回我的帳篷去了，我快累死了。阿巴斯．艾方迪說我們明天一大早就要動身。他要帶我們去聖地……管它是什麼。」

「那是他們用美貌少女作為祭品來祭祀的地方。」唐納德爵士說。

「仁慈的主啊，真希望不會發生這種事！好吧，晚安，各位。噢，我的耳環掉了。」

杜波克上校拾起滾到桌子底下的耳環，交還給她。

「這是真的嗎？」唐納德爵士魯莽地問。

他有些失禮地緊盯著她耳朵上兩顆鑲嵌的寶石。

「是真的。」卡洛說。

「花了我八萬美元。」她父親沾沾自喜。「她就這麼鬆散地掛在耳朵上，掉下來時會在桌子底下亂滾。是不是要讓我破產啊，小姐？」

「再買一副新的也不會讓你破產啦。」卡洛撒嬌地說。

「我想也不會。」她父親沒有表示異議。「我可以再買三對耳環給你，而絲毫不去考慮我銀行裡的帳戶餘額。」他驕傲地環視四周。

「戴著真好看。」唐納德爵士說。

「好吧，先生們。我想該去休息了。」布倫德先生說，「晚安。」

年輕的赫斯特和他一起走了。剩下的四人相視而笑，彷彿不約而同地想到什麼。

「好極了，」唐納德爵士慢條斯理地說，「真是不錯啊，知道他還會有不惦記著錢的時候。可惡的暴發戶！」他惡狠狠地加上一句。

「這些美國佬，他們的錢太多了。」杜波克說。

帕克．潘先生平靜地說：「要窮人欣賞富人，真是太困難了。」

杜波克大笑。

「嫉妒加上怨恨？」他問，「你是對的，先生，我們都希望富有，可以買一副又一副的寶石耳環……不過，這位先生除外。」

他稀鬆平常地向卡弗博士欠了身。後者又一次出了神。他正在把玩手中的一個小物件。

「嗯？」他被驚醒了。「是的，我必須承認我不貪圖珠寶。當然了，錢總是有用的。」

他盡量保持客觀地說，「先來看看這個吧，」他說，「這兒有一樣東西比珠寶有趣一百倍。」

「這是什麼？」

「一枚黑色赤鐵礦石的圓柱型印章，上面雕刻著一幅奉獻的場景——一位神靈將祈求者引見給更尊貴的神靈。祈求者抱著一個小孩，做出供奉的樣子。頭戴桂冠威嚴高貴的神靈身旁，有個男子揮動著棕櫚葉扇子在驅趕蒼蠅。銘文清楚寫著這人是漢摩拉比[20]的僕人，所以

20 漢摩拉比（Hammurabi），西元前二十世紀的巴比倫王。

這枚印章一定雕刻於四千年前。」

他從口袋裡掏出一塊橡皮泥，將它在桌面上抹平，再用凡士林潤滑它，將印章平放在上面按住，隨後用一支鉛筆刀切出正方形的一塊橡皮泥，再將它輕輕撬離桌面。

「看見了沒有？」他說。

他描述過的畫面都展現在他們面前的這塊橡皮泥上，紋理十分清晰。

那一瞬間，他們全被這古老的符咒迷住了。就在這時候，布倫德先生的嗓音很不和諧地從外面傳進來。

「喂，你這個黑鬼！把我的行李從這可惡的地方搬出來挪進帳篷去！那些看不見的隱身蟲咬得正高興呢！我連閉眼的工夫都沒有。」

「大概是沙蠅。」卡弗博士說。

「我還是喜歡隱身蟲這種叫法，」帕克・潘先生說，「比較有創意。」

§

次日大清早，旅行隊就出發了。一路上盡是對岩石色彩和形狀所發出的各種驚嘆。「玫瑰紅城」一定是大自然在最放縱、最生動的狀況下創造出來的傑作。旅行隊行進得很慢，因為卡弗博士幾乎是鼻尖貼著地面在走動，不時還停下來拾起什麼小東西。

「考古學家很容易辨認，就是他這個樣子。」杜波克上校微笑著說，「他從不抬頭看看天空山丘，或是自然美景。他低著頭走路，一直在搜索。」

「是的，不過他在找什麼呢？」卡洛問，「卡弗博士，你撿起來的是什麼東西？」

考古學家帶著淡淡的笑意拿出兩塊沾滿泥巴的陶器碎片。

「沒用的垃圾！」卡洛輕蔑地大叫。

「陶器比金子更有趣。」卡弗博士說。

卡洛一副不敢置信的表情。

他們轉了個彎，經過兩三座石頭墳墓。攀登斜坡多少令人感到痛苦。貝都因族[21]的護衛們毫不在意地搖搖晃晃登上陡峭的斜坡，對身邊一側的懸崖連看都不看一眼。

卡洛的臉色顯得蒼白。一個護衛趴在上面伸出手援助。赫斯特跳到她前面，伸出他的手杖，像欄杆一樣擋在險峻的一邊。她對他感激地一瞥，一分鐘之後就安全地站在一條寬闊的岩石道路上。其餘的人慢慢地跟上來。太陽已經升得很高了，開始感覺到熱浪炙人。

最後他們來到靠近山頂的一塊平坦高地。一道階梯通向一塊巨大的方形岩石頂端。布倫德對嚮導表示，他們會自己登上去。貝都因族護衛們各自愜意地靠著岩石開始抽菸。短短的幾分鐘之後，旅行隊登上了山頂。

21　貝都因族（Bedouin），一個阿拉伯遊牧民族。

一個古怪的空地，景色壯觀，四周山谷環抱。他們站立的地面呈長方形，一邊刻著石槽，還有一個祭壇。

「神聖的祭祀場所。」卡洛激動地說，「不過，他們要把祭品弄上來可要費點時間。」

「這兒本來有一條之字形的石子路。」卡弗博士解釋道，「我們從另一邊下去時，可以看到這條路的痕跡。」

他們又談論了一會兒，然後聽到叮噹一聲。卡弗博士說：「我想你的耳環又掉了，布倫德小姐。」

卡洛伸手摸了摸耳垂。

「哦，真的掉了。」

杜波克和赫斯特開始四下尋找。

「一定就在這兒，」法國人說，「它不可能滾得太遠，因為沒地方可滾，這兒就像個方盒子。」

「說不定滾到石頭縫裡去了？」卡洛著急地問。

「這兒根本沒有石縫，」帕克．潘先生說，「你可以自己看看，這兒光滑平整。啊，上校，你找到什麼東西了？」

「只是一塊小卵石。」杜波克微笑著說道，把它扔得老遠。

一種異樣的氛圍逐漸浮現，緊張的氛圍在尋找的過程中降臨了。他們並沒有說出來，但是每個人腦子裡都想到「八萬美元」這幾個字。

「你確定你戴著它嗎，卡洛？」她的父親高聲問，「我是說，也許你在上來的路上就弄丟了。」

「我們爬上這兒的時候我還戴著它呢，」卡洛說，「我記得很清楚，因為卡弗博士提醒我耳環鬆了，他還幫我弄緊它。是不是這樣，博士？」

卡弗博士點點頭。這時唐納德爵士說出每個人的想法。

「真是令人不愉快，布倫德先生，」他說，「昨晚你告訴過我們這副耳環值多少錢，單獨一枚就價值不菲了。如果這枚耳環找不到——看來是不會找到了——那麼我們每個人都有嫌疑。」

「我個人要求各位搜我的身。」杜波克上校打斷他的話。「我不是請求，我有權要求這麼做！」

「你們也搜我的身吧。」赫斯特說。他的聲音聽起來很刺耳。

「其他人認為如何？」唐納德爵士四下看看。

「沒問題。」帕克．潘先生說。

「絕妙的主意。」卡弗博士說。

「我也提出同樣的要求，先生們，」布倫德先生說，「我自有理由，儘管我不想說出來。」

「當然，悉聽尊便，布倫德先生。」唐納德爵士彬彬有禮地說。

「卡洛，親愛的，你可以下去和嚮導們一起等候嗎？」

女孩一語不發地離開了，臉色憂鬱而陰沉。她眼中一絲絕望的神色引起旅行隊裡某個成員的注意。他很想知道這意味著什麼。

搜身開始進行，而且進行得很徹底，不過結果令人失望。有一點是可以確定的：沒有人把耳環藏在身上。這支心事重重的隊伍走下斜坡返回，一路上心不在焉地聽著嚮導的描述和介紹。

帕克．潘先生換好衣服正要去吃午餐時，他的帳篷門口出現了一個人影。

「潘先生，我可以進來嗎？」

「當然了，親愛的小姐，當然可以。」

卡洛進來在床沿上坐下。她的臉色仍如上午他所注意到的那樣陰沉。

「你自稱能幫助不快樂的人解決難題，是不是？」她問道。

「我正在度假，布倫德小姐，所以不接受任何案子。」

「噢，你一定會接下這樁案子。」女孩鎮靜地說，「你知道，潘先生，不會有比我更不幸的人了。」

「有什麼事困擾著你嗎？」他問，「是不是耳環的事？」

「正是。你答對了，但是吉姆．赫斯特沒拿它，潘先生。我知道他不會。」

「我不明白你的意思，布倫德小姐。為什麼要懷疑他拿了耳環？」

「因為他有前科。吉姆・赫斯特曾經是個小偷，潘先生。他是在我們的家裡被抓到的。我……我為他感到難過。他看起來那麼年輕、那麼絕望……」

那麼英俊，帕克・潘先生想。

「我說服老爸給他一個改過自新的機會。我父親會為我做任何事情。於是他給了吉姆一個機會，吉姆也做得不錯。父親開始慢慢信任他，所有的商業機密都對他毫無保留，最後會皆大歡喜……如果這件事沒發生的話。」

「皆大歡喜？」

「我的意思是我想嫁給他，他也想娶我。」

「那麼唐納德爵士怎麼辦呢？」

「那是父親的主意，根本不是我的意願。你認為我會嫁給草包一樣的唐納德爵士嗎？」

用這種方式來形容那位年輕的英國人，帕克・潘先生沒有表示任何意見。他問：「唐納德爵士本人呢？」

「他相信我會為他貧瘠的莊園帶來好處。」卡洛嘲諷地說。

帕克・潘先生考慮了一下。

「我要問你兩件事，」他說，「昨晚大家曾說到『一朝偷竊，終生是賊』。」

女孩點點頭。

「現在我知道這句話為什麼會在當時造成尷尬局面了。」

「是的，這話讓吉姆侷促不安，對我和老爸也一樣。我真害怕吉姆臉上表露出什麼神情，因此就趕緊轉移話題。」

帕克．潘先生沉思著點點頭後問道：「為什麼你父親今天堅持自己也要被搜身呢？」

「你不懂？這個我知道。爸爸意識到我可能會以為整件事是在設計吉姆。你知道，他想讓我嫁給那個英國佬想得快發瘋了。所以，他想讓我知道他沒對吉姆設圈套。」

「天哪，」帕克．潘先生說，「這一點很有啟發性……我是指常識而言。不過，這對我們的調查可能毫無幫助。」

「你不準備開帳單給我？」

「不，不。」他沉默了一會兒後說：「你到底想要我做什麼，卡洛小姐？」

「證實耳環不是吉姆拿的。」

「假設——對不起——是他拿的呢？」

「如果你這麼想，你就錯了，完全錯了。」

「好吧，但你是否仔細想過這件事？你不認為這枚耳環可能對赫斯特先生是個突如其來的極大誘惑？賣了它就可以得到一大筆錢，這是讓人鋌而走險的禍源……我們就這麼說吧，可以讓他獨立自主。這樣他就可以娶你，不管你父親是否同意。」

「吉姆不會這麼做。」女孩固執地說。

這回帕克·潘先生接受了她的表態。

「好吧，我盡力而為。」

她匆匆點了點頭，離開了帳篷。輪到帕克·潘先生坐在床沿上陷入了沉思。他突然低聲笑了出來。

「我變得愈來愈弱智了。」他自言自語地說。

午餐時他很開心。下午平靜地過去了，大部分的人都睡著了。當帕克·潘先生在四點十五分走進大帳篷時，只有卡弗博士在那兒。他正在仔細查看陶器碎片。

「啊！」帕克·潘先生拖了一張椅子到桌邊坐下。「你正是我要找的人。你可以讓我看看你身上那塊橡皮泥嗎？」

博士在他的口袋裡摸索，掏出了一塊橡皮泥，遞給了帕克·潘先生。

「不，」帕克·潘先生搖搖頭說，「這不是我要的。我要的是你昨天晚上拿出來的那一塊。坦白說，我要的不是橡皮泥，而是它裡面的東西。」

一陣靜默。之後卡弗博士平靜地說：「我不明白你的意思。」

「你明白的，」帕克·潘先生說，「我要布倫德小姐的寶石耳環。」

接下來的一分鐘，是像死一樣的沉寂。隨後卡弗的手滑進衣袋，摸出一團不成形狀的橡皮泥。

「你真聰明。」他臉上毫無表情地說。

「我還是希望你自己告訴我。」帕克·潘先生說。他的手指一陣忙碌，喉嚨中發出咕嚕一聲，他已挖出有點被擠扁的寶石耳環。「只是好奇而已，」他有些歉意地加上一句：「但是我必須知道。」

「我會告訴你的，」卡弗說，「如果你告訴我你是怎麼猜到我的。你什麼也沒看見，對吧？」

帕克·潘先生搖搖頭。

「我只是猜想。」他說。

「一開頭純粹是個意外，」卡弗說，「整個上午我都走在你們後面，正好看見它就在我眼前，一定是剛才從那女孩的耳朵上掉下來的。她沒有注意到，也沒有其他人注意到。我撿了起來放在口袋裡，想等我趕上來時馬上就還給她，但是我忘了。

「後來在登山的半途中，我開始思量了。寶石對那傻女孩毫無用處，她父親不問價錢就會買另一副給她。然而對我來說卻大不一樣。賣了它，就可以得到一次探險的裝備。」他毫無表情的臉上突然抽動了一下，而且居然因此重現了熱情。「你知道這年頭為考古挖掘籌備資金有多困難嗎？不，你不知道。賣了這顆寶石，一切就好辦了。那兒有個地點我準備去挖掘……在俾路支[22]，一個完整的歷史章節在那兒等待被發現……

「我腦子裡突然想起你昨晚所說的話——關於受到暗示支配的目擊者。我想那個女孩一定屬於這種類型。我們爬上山頂時，我告訴她耳環鬆了，假裝幫她弄緊，實際上我只不過是把一枝鉛筆頭按在她耳垂上。幾分鐘後我扔下一顆卵石。她就發誓說耳環一直在她耳朵上，而且是剛剛才掉的。同時我已經把耳環摁進口袋裡的一團橡皮泥中。這就是我的故事，一點都沒添油加醋。現在該你了。」

「我的故事沒有什麼可以說的，」帕克・潘先生說，「你是唯一可能從地上撿到東西的人，我就是這樣推測到你身上的。找到那顆小鵝卵石的意義重大，它暗示了你在玩花招，後來……」

「說下去。」卡弗說。

「好吧，你知道，昨晚你談論誠實這個問題時，未免有點太偏激了。你的聲明過於……噢，你知道莎士比亞是怎麼說的。看起來好像是你在試圖說服自己。而你對於金錢是有點過分輕蔑了。」

他眼前的這張臉孔顯得疲憊不堪，滿是皺紋。

「好吧，就是這樣了，」他說，「現在取決於我了。我想你會把這小玩意兒還給那位小姐，對吧？奇怪的東西。裝飾是最原始的本能需求，好像倒退到了舊石器時代亦是如此。女性的原始本能之一。」

22 俾路支（Balochistan），巴基斯坦西南部和伊朗東南部地區的乾旱高地。

「我想你錯估了卡洛小姐，」帕克．潘先生說，「她很有腦子，更重要的是，她有一顆善良的心。我想她會保守祕密。」

「即使是這樣，她父親可不會。」考古學家說。

「我想他也會的。你知道，這位老爸有他自己保持沉默的理由。這枚耳環摸起來根本沒有四萬美元的感覺……它的實際價錢不會超過五美元。」

「你是說……」

「是的，那個女孩不知道。她以為它們是真的，我們就讓她信以為真吧。昨天晚上我就在懷疑了。布倫德先生對他的財富說得太多。當生意愈來愈糟又陷入經濟危機時……好吧，最好的辦法是自吹自擂，掩人耳目。布倫德先生正是在掩人耳目。」

卡弗博士突然露齒而笑。這是孩童般的笑容，在這麼大歲數的人臉上難得一見。

「那我們全都變成了可憐蟲。」他說。

「完全正確。」帕克．潘先生說。他立刻引用一句名言：「『同情心使人類與眾不同。』」

11

尼羅河凶案

Parker Pyne Investigates

格雷爾夫人的神經過分緊張。自從她登上法約姆號汽船那一刻開始，就對任何事情都抱怨不休。她不喜歡她的船艙，她可以曬曬早上的太陽，但下午的日頭就太毒了。她的侄女潘蜜拉．格雷爾熱心讓出船舷另一邊的客艙，格雷爾夫人憤憤不平地接受了。

她對她的護士麥諾頓小姐斥責不休，因為護士拿錯了圍巾，又把本該放在外面的小枕頭收拾起來了。她對她的丈夫喬治爵士也咆哮個不停，因為他買錯了念珠給她。她要的是寶石，不是瑪瑙。喬治是個笨蛋！

喬治爵士窘迫地說：「對不起，親愛的，對不起。我會拿回去換，時間還很充裕。」

她沒對她丈夫的私人祕書巴茲爾．韋斯特喋喋不休，因為從未有人責難過巴茲爾。在你開口前，他的微笑已經瓦解了你的武裝。

然而，最最飽受埋怨的是那個嚮導，一個神色莊嚴穿得衣冠楚楚的人，就連喋喋不休的抱怨也似乎不能干擾他。

格雷爾夫人看到一個坐在柳條椅子裡的陌生人，一旦意識到他是同行的旅客時，她的憤怒終於像洪水一樣爆發了。

「在售票處他們清清楚楚說我們是唯一一批旅客！現在是淡季，根本沒人同行！」

「女士，」穆罕默德平靜地說，「只有你和你的同伴，以及一位先生，就這樣了。」

「但是他們說只有我們自己。」

「基本上是這樣，女士。」

「根本不是這樣！胡說八道！那個人在這兒幹什麼？」

「他來晚了，女士，你們拿到船票之後，他今天早上才決定要來。」

「這完全是詐騙！」

「沒關係啦，女士。他是個很安靜的先生，人非常好，非常安靜。」

「你是個笨蛋！你什麼都不知道。麥諾頓小姐，你去哪裡了？噢，你在那兒。我告訴你多少回別離開我身邊。我大概快要暈倒了。扶我到我的船艙去，給我一片阿斯匹靈，別讓穆罕默德靠近我。他不停地說『是的，女士』，搞得我想大聲尖叫。」

麥諾頓小姐一語不發地伸出手臂。

她大約三十五歲，身材高眺，儀態有種陰鬱的優雅。她把格雷爾夫人在船艙裡安頓好，幫她墊上枕頭，餵了一片阿斯匹靈，聆聽她瑣碎的嘮叨。

格雷爾夫人四十八歲。從她十六歲那年開始，就一直為擁有太多錢而抱怨不停。十年前她嫁給了喬治・格雷爾爵士，一個沒落的世襲貴族。

她是個大塊頭，儘管長相並不難看，但臉上已經有皺紋，過度的化妝只是加深了歲月和喜怒無常所留下的痕跡。她的頭髮輪流染成金黃色和紅褐色，結果看起來反而老態畢露。她穿得過於華麗隆重，渾身珠光寶氣。

「告訴喬治爵士，」她總算結束了嘮叨，麥諾頓小姐面無表情地在一邊等候。「一定要把那個人趕下船去！我一定要隱私權。這些日子我是怎麼過來的呀！」她閉上雙眼。

「好的，格雷爾夫人。」麥諾頓小姐說，離開了船艙。

最後一分鐘才上船的那個討厭的旅客，仍然坐在甲板的椅子上。他背對著豪華艙，視線投向前方穿過尼羅河，落在遠方頂著金色餘暉的深綠色山巒上。

走過他身邊時，麥諾頓小姐迅速打量了他一下。

她在休息室裡找到了喬治爵士。他正拿著一串念珠，懷疑地看著。

「告訴我，麥諾頓小姐，你覺得這串總該對了吧？」

麥諾頓小姐掃了那些天藍色青金石一眼。「非常好。」她說。

「你覺得格雷爾夫人會高興嗎？」

「噢，不，我不敢這麼說，喬治爵士。你知道的，沒什麼事會讓她高興，這是不折不扣的事實。還有，她要我帶個口信給你。她要你把另外那個旅客趕走。」

喬治爵士張大了嘴。

「我怎麼可以這麼做？我怎麼對那個人說呢？」

「你不用說。」麥諾頓的聲音輕快和善。「只要說無能為力就行了。這樣就沒事了。」

「你認為會沒事了？」他臉上一副滑稽的可憐相。

艾兒希．麥諾頓的聲音更加和善了。

「真的不必把這事放在心上，喬治爵士。夫人其實是健康問題，別太在意。」

「你認為她的身體確實很糟糕嗎，護士？」

護士的臉上掠過一陣陰影。她回答時聲音怪怪的。

「是的，我……我覺得她目前狀況不好。但是請不必擔心，喬治爵士。你不必擔心，真的不用擔心。」她報以一個友好的微笑，這才走了出去。

潘蜜拉走了進來，蒼白的臉上顯得精神不振。

「你好，叔叔。」

「你好，潘蜜拉，親愛的。」

「你拿著什麼東西？噢，真好看！」

「哦，我真高興你覺得好看。你認為你嬸嬸也會喜歡嗎？」

「她什麼都不會喜歡。我想不通你怎麼會娶了這麼一個女人，叔叔。」

喬治爵士沒有作聲。一幅幅混亂的畫面在腦海裡出現：賭馬失敗，上門逼債的債主，一個漂亮但專橫的女人。

「可憐的叔叔，」潘蜜拉說，「你有你的苦衷。但她的確帶來了麻煩，對吧？」

「自從她病了以後……」喬治爵士開口說。

潘蜜拉打斷他。「她沒病！根本沒有！裝病她才可以為所欲為。對了，你去艾蘇安的時候她就耀武揚威得不得了！我敢和你打賭，麥諾頓小姐也知道她在騙人。」

「如果沒有麥諾頓小姐，我們就會束手無策。」喬治爵士嘆了一口氣。

「她很能幹，」潘蜜拉也承認。「但我可不像你那麼喜歡她，叔叔。噢。你是喜歡她！

別否認，你覺得她人非常好。在某些方面她的確是，但她是一匹黑馬。我一直搞不懂她在想些什麼。不論怎麼樣，她把那隻老貓弄得服服貼貼。」

「聽我說，潘蜜拉，你不能這麼說你嬸嬸。這太過分了，她待你可不薄。」

「是啊，她付清了我們所有的帳單，對吧？但生活中還是甩不開麻煩。」

喬治爵士換了一個沒那麼頭痛的話題。

「那個中途插進來的傢伙怎麼辦？你嬸嬸想獨占這艘船。」

「噢，這可辦不到。」潘蜜拉冷冷地說，「那個人有點來頭。他叫帕克．潘。我記得他是人事局的文書……如果真有這麼一個部門的話。有意思的是，我好像在什麼地方聽過這個名字。巴茲爾！」祕書剛好走了進來。「我在哪兒看過帕克．潘這個名字？」

「《泰晤士報》分類廣告欄的第一頁。」年輕人立即回答道，「『你快樂嗎？如果答案是『不』，請洽詢帕克．潘先生。』」

「我才不呢！簡直太可笑了！不妨告訴他我們去開羅一路上的麻煩。」

「我還沒感到煩惱，」巴茲爾．韋斯特簡短地說，「我們要沿著金色尼羅河順流而下，參觀沿途寺院……」他看了喬治爵士一眼，後者正拿起報紙。「我們倆一起。」

最後這句話的聲音很輕，但潘蜜拉還是聽到了。他們兩人的目光相遇。

「你是對的，巴茲爾，」她輕輕說，「活著真好。」

喬治爵士起身走了出去。潘蜜拉的臉上蒙上一層烏雲。

「出了什麼事，親愛的？」

「我可惡的嬸嬸……」

「別擔心，」巴茲爾很快地說，「她快死了，這又有什麼關係？別和她翻臉。你瞧，」他大笑。「假裝溫順是多好的偽裝。」

帕克．潘先生的身影走進休息室。穆罕默德跟著進去，正準備開始長篇大論。

「女士先生們，我們現在出發了。過幾分鐘後，我們就要駛過右手邊的卡納克寺院。現在我講一個故事給你們聽。一個小男孩去買一盞取暖的燈給他的父親……」

§

帕克．潘先生揉揉他的前額。他剛參觀了丹德拉寺院回來，覺得騎在驢背上對他這樣的身材來說真是痛苦的經驗。他正要解開領口，梳妝台上一張對折的便箋引起了他的注意。他打開便箋，看見上面寫著：

親愛的先生，如果你不去參觀阿拜多斯寺院而留在船艙裡，我將不勝感激。屆時我希望能向你請教。

你忠實的　亞蕊登．格雷爾

帕克・潘先生溫柔的寬闊臉龐上浮起一絲微笑。他拿出一張紙，擰開鋼筆。

親愛的格雷爾夫人（他寫道），很抱歉令你失望，本人目前正在度假，因而謝絕一切業務。

他簽了名，將信交給一名僕役。當他洗漱完畢時，另一張便條已經送回來了。

親愛的帕克・潘先生，我尊重你在度假的意願，但我願意出一百英鎊的諮詢費用。

你忠實的　亞蕊登・格雷爾

帕克・潘先生揚起眉毛。他沉思著用鋼筆輕叩牙齒。他想去參觀阿拜多斯寺院，但一百英鎊可不是個小數目，而且在埃及的開銷比他想像的多很多。

親愛的格雷爾夫人（他寫道），我將不去參觀阿拜多斯寺院。

你真誠的　J・帕克・潘

帕克・潘先生拒絕離船，這讓穆罕默德非常傷心。

「寺院很漂亮，大家都會去看。我為你準備好轎子和座椅，挑夫會抬著你前進。」

帕克．潘先生拒絕了所有誘人的條件。

其他人出發了。

帕克．潘先生在甲板上等待。這時格雷爾夫人的艙門打開了，她緩緩走上了甲板。

「真是個悶熱的下午。」她優雅地評論道，「我看見你故意走在後面，潘先生。你真是聰明。要不要到休息室裡喝茶？」

帕克．潘先生急忙站起身跟著她。不可否認地，他非常好奇。

格雷爾夫人似乎不知如何轉入正題。話題換了又換，終於她用另一種語調開口了。

「潘先生，我告訴你的事情是絕對的機密！你明白我的意思，對吧？」

「當然。」

她頓了頓，深深吸了一口氣。帕克．潘先生等待著。

「我想知道我丈夫是否想毒死我。」

不管帕克．潘先生期待她會說什麼，但絕不是這件事，他毫不掩飾自己的震驚。

「這是非同小可的指控，格雷爾夫人。」

「我不是傻瓜，也不是小孩。我已懷疑一段時間了。每次喬治不在，我的健康狀況就會好轉。我的飲食沒問題，但我就是感覺不對勁。這裡面一定有什麼原因。」

「你所說的情況非常嚴重，格雷爾夫人。你必須知道，我不是個偵探。我是……你可以這麼說，一個心理學家……」

她打斷了他。「你難道不認為我該擔憂嗎？我不想找警察——我可以照顧自己，謝謝你——我要的是確定的答案。我一定要知道。我不是壞女人，潘先生。誰公平對待我，我也公平回報。交易就是交易，我有我的立場。我還清了丈夫的債務，也沒限制他花錢。」

帕克．潘先生突然對喬治爵士產生轉瞬即逝的憐憫。

「那個女孩，她有衣服可以穿，有派對可以參加，什麼都可以擁有。我要的只是起碼的感激而已。」

「感激這種東西，並非可以按照要求而製造，格雷爾夫人。」

「胡扯！」格雷爾夫人繼續說，「好了，就是這樣！幫我找出真相！一旦我知道……」

他好奇地看著她。

「一旦你知道真相，那然後呢，格雷爾夫人？」

「那是我的事。」她機敏地閉上嘴。

帕克．潘先生猶豫了片刻後說：「抱歉，格雷爾夫人，我隱約有種感覺，你對我沒有完全坦白。」

「真是可笑，我已經把我委託你的事情明確告知了。」

「是的，但你沒告訴我真正原因？」

他們對視著。她先移開了視線。

「我想原因是不言自明。」她說。

「不對，因為我心中還有一個疑問。」

「是什麼？」

「你是不是想證實你的懷疑是對的？」

「你怎麼能這麼說，潘先生！」女士站了起來，憤怒地發抖。

帕克·潘先生平靜地點點頭。

「是的，」他說，「不過，你還是沒有回答我的問題。」

「噢！」她無言以對，然後大步走出了房間。

剩下他一個人獨處，帕克·潘先生陷入了沉思。他過於專心，以至於有人進來在他對面坐下時，讓他嚇了一大跳。來人是麥諾頓小姐。

「你們回來得真快。」帕克·潘先生說。

「其他人還沒回來。我說我頭疼，就一個人先回來了。」她猶豫著，最後問道：「格雷爾夫人在哪兒？」

「應該在她的船艙裡躺著休息吧。」

「哦，那就好了。我不想讓她知道我已經回來了。」

「你不是為了她而回來的？」

麥諾頓小姐搖搖頭。

「不，我是回來找你的。」

帕克．潘先生有些驚訝。他本來以為麥諾頓小姐有能力處理任何難題而不需求助於外力，看來他是錯了。

「從我們上船以後，我就一直在注意你。我認為你是個有豐富閱歷和良好判斷力的人，況且我非常需要建議。」

「但是，請原諒，麥諾頓小姐，你不是那種常常需要別人給你建議的人。我應該說，你是個自信心十足的人。」

「通常是的，不過我目前正處於一個非常特殊的情況下。」她猶豫了一下。「我通常不大談論我的病人，但這次我想有這個必要。潘先生，當我跟著格雷爾夫人離開英國時，她的病情一目了然。換句話說，她一點問題也沒有。這樣的說法也許不太正確。生活太悠閒，錢太多，的確會造成某種明顯的病態。只要每天擦擦地板，有五、六個孩子要去照料，反而可能會讓格雷爾夫人完全健康，而且更加快樂。」

帕克．潘先生點點頭。

「作為一個醫院的護士，我見過很多這類精神緊張的病例。格雷爾夫人以不健康為樂。我要做的是：盡我所能不讓她的病情好轉，讓她盡可能地享受這次旅行。」

「聰明。」帕克．潘先生說。

「但是，潘先生，目前的情形卻不是那樣。格雷爾夫人現在的病痛是真的，不是想像出來的。」

「你的意思是……」

「我愈來愈懷疑格雷爾夫人被人下了毒。」

「你什麼時候開始起疑的？」

「最近三個星期吧。」

「你有沒有……懷疑的對象？」

她垂下眼睛，她的聲音第一次顯得不真誠。

「沒有。」

「我替你說吧，麥諾頓小姐，你確實懷疑某人，而此人就是喬治．格雷爾爵士。」

「噢，不，不，我不相信會是他！他那麼讓人同情，天真得像個孩子。他不可能是個冷血的下毒者。」她的聲音中帶著痛苦。

「但是你發現每次喬治爵士不在，他妻子的病情就有所好轉。她的發病期和他回來的時間是吻合的。」

她沒回答。

「你懷疑是什麼毒藥？砒霜？」

「差不多吧。砒霜或者銻化物。」

「你採取了什麼措施？」

「我盡了最大努力監督夫人的飲食。」

帕克．潘先生點點頭。

「你認為格雷爾夫人最近有起疑嗎？」他小心翼翼地問。

「噢，沒有。我確定她沒有。」

「那你就錯了。」帕克．潘先生說，「格雷爾夫人確實起疑了。」

麥諾頓小姐目瞪口呆。

「格雷爾夫人比你所想像的更能保守祕密。」帕克．潘先生說，「她是一個非常懂得保守祕密的女人。」

「這真讓我驚訝。」麥諾頓小姐緩緩地說。

「我再問一個問題，麥諾頓小姐，你認為格雷爾夫人喜歡你嗎？」

「我從未想過。」

他們的談話被打斷了。穆罕默德走了進來，面容愉快，長袍拖在身後。

「夫人聽到你回來了，她要你過去。她問你為什麼不到她那裡去？」

艾兒希．麥諾頓匆忙站起身。帕克．潘先生也站了起來。

「明天一早再談好嗎？」他問。

「好，那個時間很合適。格雷爾夫人通常睡到很晚，不過我還是小心點比較好。」

「格雷爾夫人也會很小心。」

麥諾頓小姐離開了。

直到晚餐之前，帕克・潘先生才見到格雷爾夫人。她正坐著抽菸，燒掉一張像是信紙的東西。她完全沒有搭理他的意思，他判斷她仍在惱怒。

晚餐之後，他和喬治爵士、潘蜜拉和巴茲爾玩起了橋牌。每個人都似乎心不在焉，牌局很快就散會了。

幾小時後，帕克・潘先生被叫醒了。是穆罕默德。

「夫人她病得很厲害。護士……她嚇壞了。我去叫醫生來。」

帕克・潘先生趕緊披上衣服。他和巴茲爾幾乎同時到達格雷爾夫人的船艙門口。喬治爵士和潘蜜拉已經在裡面了。麥諾頓正在對她的病人做最後努力。當帕克・潘先生趕到時，只見可憐的夫人身體一陣最後的痙攣，扭動之後接著僵直，隨即倒在枕頭上。

帕克・潘先生輕輕將潘蜜拉扶到外面。

「真可怕！」女孩在抽泣。「真可怕！她……她……」

「死了？是的，我想一切都結束了。」

他把她送進巴茲爾的船艙。喬治爵士走出船艙，神情呆滯。

「我沒想到她是真的有病，」他喃喃自語，「從來沒想到。」

帕克・潘先生從他身邊擠過去，進了船艙。

艾兒希・麥諾頓的臉色蒼白而沮喪。

「他們去叫醫生了？」她問。

「是的。」然後他問，「是番木鱉鹼？」

「是的，毫無疑問，臨死前的痙攣就是症狀。噢！我真不敢相信！」

她跌坐在一把椅子上抽泣著。他拍了拍她的肩膀。

這時一個念頭閃過他的腦海，他匆匆離開了船艙，走進休息室。菸灰缸裡還有一小片未燒盡的紙片，只有幾個字可以辨認出來。

夢幻膠……把這個燒掉！

「這事變得有意思了。」帕克．潘先生說。

§

帕克．潘先生坐在一位開羅官員的房間裡。

「這些就是證據。」他沉思著說。

「是的，你說得完全正確。這人一定是個該死的傻瓜。」

「喬治爵士不算是一個精明的人。」

「還不是一樣！」對方簡明扼要地說，「格雷爾夫人想要一杯鮑威爾雞尾酒，護士幫她調了一杯。然後她又要在杯子裡加一點雪利酒，於是喬治爵士為她倒了一些。兩小時後，格雷爾夫人顯然死於番木鱉鹼中毒。隨後在喬治爵士的船艙裡發現了一包番木鱉鹼，另一包則是在他晚禮服的口袋裡找到的。」

「考慮非常周到。」帕克・潘先生說，「對了，番木鱉鹼是從哪兒弄來的？」

「這個嘛，還有一點小疑問。那位護士手上有一些……格雷爾夫人心臟不適時可以拿出來用，但她的話前後矛盾。剛開始她說藥量絲毫未減，現在她又說不是。」

「看來她無法確定。」帕克・潘先生評論道。

「我的看法是他們兩個人都在現場。那兩個人都有嫌疑。」

「有可能。但是如果麥諾頓小姐策畫了這場謀殺，她一定會幹得更漂亮。她是一個能力很強的年輕女人。」

「好吧，就算是吧。我認為喬治爵士也在場，他有這個機會。」

「好吧，」帕克・潘先生說，「我得去看看有什麼我可以做的。」

他找來了漂亮的侄女。

潘蜜拉臉色蒼白，憤憤不平。

「叔叔絕對不會幹這種事，不可能，他絕對不會！」

「那麼是誰幹的？」帕克・潘先生平靜地問。

潘蜜拉湊近了些。

「你知道嗎？是她自己下的毒。最近她變很多，讓人覺得很古怪。她有幻覺。」

「什麼幻覺？」

「奇怪的幻想。比如說她暗示巴茲爾愛上了她，但巴茲爾和我是……我們是……」

「我看出來了！」帕克．潘先生笑著說。

「有關巴茲爾的事，都是莫須有的想像。她怨恨我可憐的叔叔。她對你編造這個故事，然後把番木鱉鹼放在他的船艙和口袋裡，再自己服毒。有人做過這種事吧？」

「是有人做過，」帕克．潘先生承認道，「不過我不認為格雷爾夫人會做這種事。她不是……請允許我這麼說，不是這種類型。」

「那麼幻覺呢？」

「噢，我想找韋斯特先生談談。」

他在那位年輕人的房間裡找到他。巴茲爾胸有成竹地回答他的問題。

「我不想隱瞞，但她的確對我有所表示。因此我不敢讓她知道我和潘蜜拉的事，她會讓喬治爵士解雇我的。」

「你認為格雷爾小姐的看法有道理嗎？」

「當然，不無這種可能，我贊成她的看法。」年輕人有些猶豫。

「但還不夠有說服力。」帕克．潘先生輕聲說，「不，我們必須找出更好的解釋。」他陷入沉思中一兩分鐘。

「最好的方法是坦白。」他擰開鋼筆帽，拿出一張紙。「請你寫下來，可以嗎？」

巴茲爾．韋斯特驚愕地盯著他。

「我？你到底是什麼意思？」

「親愛的年輕人，」帕克．潘先生的聲音幾乎有些慈悲。「我知道一切。你與老夫人發生肉體親密關係，她變得猶豫不決，不過你又愛上漂亮但一無所有的侄女，所以你設下了計謀——慢性毒藥，它可以讓腸胃炎變成自然死亡。如果不成功，就誣陷是喬治爵士幹的。因為你很小心，讓下藥時間與他在場的時間吻合。

「後來你發現夫人起了疑心，找我來談過這事，於是你迅速行動！你從麥諾頓小姐的藥品箱裡偷了一點番木鱉鹼，放一些在喬治爵士的船艙裡，另一些放在他口袋裡，再把足夠的劑量灌進一粒膠囊，附在一張便條中送給夫人，告訴她這是『夢幻膠囊』。

「非常浪漫的主意。等護士一走，她就會服下去，沒人會知道。但你犯了一個錯誤，年輕人。要一位女士燒掉信件是不可能的，她們永遠不會這樣做。我掌握了所有措詞優雅的信件，包括夢幻膠囊那一封。」

巴茲爾．韋斯特臉色發青。他的彬彬有禮已杳無蹤影，反而像隻困在籠子裡的老鼠。

「該死的傢伙，」他咆哮道，「你知道了一切，你這個多管閒事的混蛋帕克。」

早已安排好的見證人從半掩的門外衝進來，帕克．潘先生這才免遭皮肉之苦。

§

帕克．潘先生再次和他的官員朋友討論這個案子。

「我一點證據也沒有！只有一張幾乎難以辨認的紙片，上面寫著『燒掉這……』。我推理出整個故事，也試探了他，結果真的奏效了。我也是偶然間透過那封信才找到了真相。格雷爾夫人燒掉他寫的每一張便條，但是他毫不知情。

「她這個女人真的很不尋常。她來找我的時候我很迷惑。她要我證實她丈夫對她下毒。這時候的她想和年輕的韋斯特私奔，但是又想秉公處理。真是奇怪的性格。」

「那位可憐的小姐會痛不欲生。」對方說。

「她會沒事的，」帕克．潘先生說道，「她還年輕。我擔心的是喬治爵士，他還來得及享受人生。十年來他像條蟲一樣過日子。現在呢，麥諾頓小姐會對他很好的。」

他發出愉快的微笑，隨後嘆了一口氣。

「我正在考慮隱姓埋名去希臘一趟。我真的必須放個假了！」

12

德爾菲的神諭

Parker Pyne Investigates

小威拉德・彼得斯先生並不是真的喜歡希臘。至於彼得斯太太，她內心之中對德爾菲[23]一點概念也沒有。

彼得斯太太精神上的家園在巴黎、倫敦和里維拉。她是一個很會享受旅館生活的女人，在她概念中的旅館臥房應該是鬆軟的地毯、舒適的床、為數眾多各式各樣的電燈，其中包括有燈罩的床頭燈。此外還要有充足的冷熱水，床邊有電話，可以用來預訂茶點、食物、礦泉水、雞尾酒，甚至和朋友聊天。

在德爾菲的旅館裡可沒有這些東西。不過窗外可以看見美麗的景觀。床很乾淨，用白石灰粉刷過的房間也一樣乾淨。房間裡有一把椅子、一個臉盆架、一套衣櫥。洗澡得請旅館特別安排，因為有時候沒熱水供應。

她想，至少可以說她去過德爾菲。彼得斯太太努力想對古希臘產生一點興趣，但她發現這實在很困難。他們的雕塑藝術看起來都像是尚未完工，不是缺手臂，就是少條腿或沒大腦。她私底下喜歡剛去世的威拉德・彼得斯先生墳墓上豎立的大理石天使雕像。

然而，這些想法都只能藏在自己心裡，因為怕她的兒子威拉德會瞧不起她。全是為了威拉德，她才會到這兒來……在這個又冷又不舒服的房間裡，面對苦著一張臉的女僕，以及不遠處那個看了讓人心煩的司機。

威拉德（不久前她還叫他小威拉德，但是他痛恨這個稱呼）是彼得斯太太十八歲的兒子。她對兒子有種近乎狂熱的崇拜。威拉德對古代藝術有一種奇特的熱情。就是瘦長蒼白、戴著眼鏡、神情憂鬱的威拉德，拖著溺愛他的母親踏上周遊希臘的旅行。

他們去了奧林匹亞，彼得斯太太認為那是一處悲慘的廢墟。她倒是很欣賞帕德嫩神廟，但她還是覺得雅典是個無可救藥的城市。而遊覽科林斯[24]和邁錫尼[25]對她和司機來說，都是極大的痛苦。

彼得斯太太不高興地想著，到了德爾菲更是雪上加霜。在這裡根本沒事可做，只能沿著街道散步，看看沿街的廢墟。威拉德花了大量時間跪在地上解譯希臘文的碑銘，一邊還說：「媽媽，你聽聽這個！是不是很有趣？」然後他會唸出一些字句，但在彼得斯太太耳裡聽來真是乏味至極。

這天清晨，威拉德一大早就出發去看拜占庭風格的鑲嵌藝術。彼得斯太太本能地覺得拜占庭式的鑲嵌藝術會讓她渾身發冷（無論是從生理還是心理），於是託辭不去。

「我明白，媽媽，」威拉德說，「你想一個人待著，坐在戲院或是露天運動場裡，高高在上向下俯瞰去了解它們。」

「是的，親愛的。」彼得斯太太說。

23 德爾菲（Delphi），古希臘都城，因阿波羅神殿而著稱。
24 科林斯（Corinth），希臘南部城市，古時以其商業、藝術和奢華而聞名。
25 邁錫尼（Mycenae），希臘東南部古都，青銅器時代歐洲文明中心地。

「我知道這些地方會讓你產生興趣。」威拉德欣喜地說道，然後就離開了。

彼得斯太太嘆了一口氣，準備起床吃早餐。

她走進餐廳，發現裡面幾乎空蕩蕩的，總共只有四個人。一位母親和她的女兒——彼得斯太太覺得她們的穿戴有些古怪（她沒認出這是希臘式的披肩外衣）——正在談論舞蹈中的自我表現藝術；一位大腹便便的中年紳士，名叫湯姆森，下火車時曾幫她撿起掉落的箱子；還有一位新來的禿頭中年紳士，剛剛在前一天晚上到達。

這位先生是餐廳裡留下來的最後一位，彼得斯太太很快就和他交談了起來。她是個友善的女士，喜歡有人可以聊天。湯姆森先生的表現一直令人失望（彼得斯太太稱之為英國人的保守），那對母女又過分自命不凡，儘管那女孩已經和威拉德處得滿不錯。

彼得斯太太發現這個新來的紳士很好相處。他知識淵博卻不自炫。他告訴她好幾件關於希臘人友善的趣事，讓她更覺得他們是真實的角色而不是書中乏味的歷史人物。

彼得斯太太告訴這位朋友所有關於威拉德的事：他是個多麼聰明的男孩，以及文化對他來說是如何重要。這人和藹慈祥的風度，容易讓人和他攀談。

他是幹什麼的、叫什麼名字，彼得斯太太統統都不知道。除了他正在旅行、享受不讓生意（什麼生意？）干擾，以及徹底休息這些事實之外，他很少談論到自己。

總而言之，這一天過得比預料中快。母女倆和湯姆森繼續保持不愛交際的風格。他們碰上了剛走出博物館的湯姆森先生，他立即轉身往相反方向走去。

彼得斯太太的新朋友不悅地看著他的背影。

「我真想知道這傢伙是誰！」他說。

彼得斯太太只說得出他的名字，其餘一無所知。

「湯姆森……湯姆森，不，我不認為我以前見過他，但是不知為何，他的臉看起來有點眼熟，只是我實在認不出來。」

這個下午，彼得斯太太在陰涼的地方享受了清靜的午覺。她帶去看的書，並不是她兒子推薦的和希臘藝術相關的經典之作，反而是一本名為《神祕河流》的小說。書中包括了四件凶殺案、三起綁架案，以及一大堆各式各樣危險的罪犯。彼得斯太太隨著書中的情節心情起伏，時而激動，時而欣慰。

她回到旅館時已經四點。她確定威拉德這時該回來了，並沒有任何不祥的預感。她差點忘了看旅館老闆拿給她的條子，他說是下午一個陌生人留下來的。

這張便條真是骯髒透了。她懶洋洋地打開來看。看了沒幾行，她的臉色就已經變得蒼白，她伸出一隻手讓自己鎮定下來。筆跡是外國人的字，但內容是用英文寫的。

女士（它這麼寫道），這是來告訴你，你的兒子已經被我們關在一個安全的地方。只要你完全照我們的指示去做，這位尊貴的年輕紳士就不會遭受任何傷害。我們要一萬英鎊的贖金。要是你把此事告訴旅館老闆，或者警察之類的相關人士，那你的兒子就死定了。你考慮一下，明天一早會告訴你怎麼付錢。若不照辦，你兒子的耳朵會被割下來送給你。再過一天仍不照辦，他就是死路一條。這不是在嚇你。考慮清楚吧。記住，千萬要保持沉默。

黑眉盜迪莫崔爾

可憐的女士心裡亂成一團。儘管恐嚇信上的措辭荒謬可笑，愚蠢幼稚，但還是讓她感到陰森的恐怖氣氛。威拉德，她的寶貝，她柔弱嚴肅的威拉德。

她立即想去報警，她想叫起左鄰右舍，但是如果她這樣做，說不定……她發抖了。

她隨即又振奮起來，想走出房間去找旅館老闆——整個旅館裡唯一能說英語的人。

「天色已經很晚了，」她說，「我的兒子還沒回來。」

快樂的小個子男人對她微笑。

「是的，先生打發騾車先回來了。他想步行回來。現在他應該到了，但毫無疑問地，他可能在路上耽擱了。」他愉快地微笑著。

「告訴我，」彼得斯太太直率地問，「城裡有什麼不法之徒嗎？」

不法之徒這個詞不在小個子男人了解的英語辭彙中。彼得斯太太解釋了一下。她得到的回答是，德爾菲這裡都是非常好、非常守法的人，對外國遊客十分友好。

話就在她嘴邊硬生生地嚥了下去。陰險的威脅縛住她的喉舌。也許這是個惡作劇，但萬一不是呢？她一個美國朋友的孩子被綁架，報警的同時孩子被殺害了。真是悲慘啊。

她幾乎要發瘋了。她該怎麼辦？一萬英鎊，那是多少？四萬到五萬美元！這個數目和威拉德的安全相比又算得了什麼？但是她要從哪裡去弄到這個數目呢？眼前最大的困難，就是錢和提取現金，她身上只有一張幾百英鎊的信用狀。

綁匪知道這些嗎？他們會通情達理嗎？他們願意等待嗎？

女僕過來時，她毫不客氣地打發她走。晚餐的鐘聲響了，可憐的女士走進餐廳。她像機械人似地吃飯，眼裡茫然無神。整個房間在她看來空無一人。

上水果時，一張便箋送到她面前，但字跡完全不同於她害怕看到的外國筆跡——這是字體清晰工整的英國式便條。她興趣缺缺地打開紙箋，上面寫的話引起了她的好奇：

> 在德爾菲無法請示神諭，但是你可以向帕克·潘先生請教。

紙箋下方別著一張報紙上剪下來的廣告，紙箋最下端附著一張護照上的照片。照片上是早上她認識的那位禿頭朋友。

彼得斯太太看了兩遍這張剪報。

> 你快樂嗎？如果答案是「不」，請洽詢帕克·潘先生。

快樂？快樂？還有人比我更不快樂嗎？這簡直就像是給祈禱者的福音。

她從手袋裡掏出一張紙，匆匆寫下：

> 請幫助我。十分鐘之後在旅館門外見面可以嗎？

她把紙條塞進信封，請侍者交給坐在窗口的先生。十分鐘後，彼得斯太太穿著毛皮外套——夜裡很涼——走出旅館，沿著街道走向廢墟。帕克．潘先生正在那裡等候。

「是上天的仁慈讓你出現在這裡。」彼得斯太太幾乎喘不過氣來。「但是，你怎麼猜到我碰上了可怕的麻煩？」

「你的臉色，親愛的女士。」帕克．潘先生平靜地說，「我馬上知道出了事，不過究竟是怎麼回事，還是要等你來告訴我。」

她一口氣說了出來，並且把信遞給他。他在手電筒的照明下看了信。

「嗯，」他說，「一份有意思的文件，極有意思的文件。它說明了……」

但彼得斯太太沒有心情去聽他對這封信做更詳細的分析。她能為威拉德做什麼？她唯一的威拉德，纖弱的威拉德。

帕克．潘先生安慰她。他描繪了一幅動人的希臘綁匪的生活畫面。他們對人質更是關心，因為人質就是一座潛在的金礦。他使她逐漸平靜下來。

「我該怎麼辦？」彼得斯太太哭泣著問。

「等到明天，」帕克・潘先生說，「除非你想直接去找警察。」

彼得斯太太用一聲恐懼的尖叫打斷了他。她親愛的威拉德會被殺死的！

「你認為我能把威拉德毫髮無傷地救回來嗎？」

「那當然。」帕克・潘先生安慰地說，「重點是，你能否不付一萬英鎊救回他。」

「我只想要我兒子。」

「是的，是的。」帕克・潘先生安慰她。「對了，是誰把信送來的？」

「一個旅館老闆不認識的男人，一個陌生人。」

「啊，有了。可以跟蹤明天送信的人。你如何對旅館裡的人解釋你兒子不見了？」

「我還沒想過。」

「我想，現在，」帕克・潘先生回答，「你可以很自然地發出警報，對他的失蹤表示擔憂，這樣就可以派出一支搜索隊。」

「你不認為那些惡魔會……」她哽咽著問。

「不，不，只要沒人提到綁架或贖金，他們就不會翻臉。無論如何，他們不可能指望你對兒子的失蹤不小題大做。」

「能完全由你來處理嗎？」

「這本來就是我的事。」帕克・潘先生說。

他們走回旅館時，差點撞上一個魁梧的身影。

「那是誰？」帕克．潘先生警覺地問。

「我覺得那是湯姆森先生。」

「哦！」帕克．潘先生沉思著說。

「湯姆森，是他嗎？湯姆森……嗯。」

§

彼得斯太太上床睡覺時，感到帕克．潘先生的主意的確不錯。無論捎信來的人是誰，一定和綁匪有聯繫。她鬆了一口氣，居然很快就睡著了。

次日早晨她起床穿衣時，突然看見有東西在窗子旁的地板上。她撿了起來，心臟幾乎要停止跳動。同樣骯髒的廉價信封，同樣令人痛恨的筆跡。她撕開信封。

早安，女士，你做出決定了嗎？你的兒子很好，沒受到傷害……到現在為止。但是我們必須拿到錢。對你來說，弄到這個數目可能不太容易，但我們得知你戴著一條鑽石項鍊。很漂亮的鑽石，或許我們可以接受。聽著，這是你必須要做的事情。你，或是你挑選送贖金的任何人，必須把項鍊帶到競技場。從那兒往上走，走到旁邊有塊大石頭的一棵樹那裡。我們會有人監視，看看到底是不是一個人，然後用項鍊交換你兒子。時間是明天早晨日出後的六點。如果你事後報警來抓我們，那麼在你的座車開往火車站的途中，你的兒子就會被我們打死。這是最後通牒，女士。要是明早項鍊沒有送來，你兒子的耳朵會割下來送給你。隔天他就會沒命。

謹此

迪莫崔爾

彼得斯太太急忙來找帕克．潘先生。他仔細地看了信。

「關於鑽石項鍊，」他問，「這是真的嗎？」

「千真萬確。我丈夫買下它時花了十萬美元。」

「消息靈通的強盜。」帕克．潘先生自言自語。

「你說什麼？」

「我只是在考慮這件事的某些層面。」

「我說，潘先生，我們沒有時間考慮什麼層面了。我一定要贖回我的兒子。」

「你是一位勇敢的女士，彼得斯太太。你真的可以容忍被人敲詐勒索十萬美元？你可以容忍把你的鑽石輕而易舉送給一幫惡棍？」

「當然可以。」彼得斯太太的勇氣與母愛在激烈搏鬥。「我真想抓住他們……卑鄙的禽獸！我一找回兒子，潘先生，我就要出動全城警察去抓他們。如果有必要，我會租一輛防彈車載送威拉德和我去火車站。」彼得斯太太臉色通紅，報仇心切。

「是的，」帕克．潘說，「你看，親愛的女士，恐怕他們已經料到你這一招了。他們知道一旦釋放威拉德，你就會毫無顧忌地反擊，所以他們一定預先做好了安排。」

「那麼，你想怎麼辦呢？」

帕克．潘先生微笑了。

「我有個小小的計畫。」他環視餐廳，空無一人，兩頭的門關著。「彼得斯太太，我在雅典有個珠寶商朋友，他精於製作人造鑽石……那種可以亂真的贗品。」他壓低聲音。「我用電話請他今天下午趕到這裡，順便帶來許多可供挑選的石頭。」

「你的意思是……」

「換下真鑽石，用假的代替。」

「天哪，這是我聽過最不可思議的主意了！」彼得斯太太崇拜地望著他。

「噓！別那麼大聲。你可以為我做件事嗎？」

「當然。」

「保證不讓任何人走近，以免聽到電話的內容。」

彼得斯太太點點頭。

電話在經理辦公室。經理幫助帕克．潘先生接通電話後，就熱心地讓出辦公室。他出去時，發現彼得斯太太在門外。

「我在等帕克．潘先生，」她說，「我們要出去散散步。」

「噢，好的，女士。」

湯姆森先生也在大廳裡。他向他們走來，然後和經理聊了起來。

「在德爾菲有供出租的別墅嗎？沒有？但是明明有一棟在旅館北邊啊。」

「那是屬於一位希臘紳士的別墅，先生。他不出租。」

「沒有別的別墅了嗎？」

「有一棟屬於一位美國太太的，在城的另一邊，現在還關閉著。還有一棟是屬於一位英國紳士的，他是一位藝術家……位於懸崖邊上，可以俯瞰伊泰阿。」

彼得斯太太插嘴進來。她天生一副大嗓門，並且有意說得更大聲。

「噢，」她說，「我真希望在這裡擁有一棟別墅。這裡的大自然不會有人來打擾，我簡直為這地方著迷了。你是不是也一樣，湯姆森先生？如果你也想在這兒租一棟別墅，那你的心情一定和我相同。你是不是第一次來這裡？我沒聽你說過。」

她喋喋不休地說話，直到帕克．潘先生從辦公室裡走出來。他對她報以一個讚許的淡淡笑容。

湯姆森先生緩步走下樓梯，和高傲的母女倆一起出門上了街。她們似乎在感受吹在裸露手臂上的寒風。

一切順利。珠寶商在晚餐前乘著一輛坐滿遊客的巴士到達。彼得斯太太把她的項鍊帶到他房間。他大大讚賞了一番，然後用法語說：「夫人可以放心，一切不會有問題的。」

他從小包包裡拿出一些工具，接著開始工作。

十一點時，帕克．潘先生敲了彼得斯太太的房門。

「給你。」

他遞給她一個小麂皮袋。她朝裡面看了一眼。

「我的鑽石！」

「小聲點！這是贗品。很不錯，你認為呢？」

「太漂亮了！」

「亞里斯多普洛（就是那位雅典珠寶商）是個聰明的傢伙。」

「他們不會懷疑嗎？」

「怎麼會呢？他們知道你戴著項鍊旅行。你都把它交出去了，他們怎麼會起疑呢？」

「好吧，我覺得這很漂亮。」彼得斯太太又說了一遍。她把項鍊又遞給他。「你能把它送去給他們嗎？這樣會不會對你要求太多？」

「我當然會送去。把信給我，這樣我可以更清楚地知道對方的指示。謝謝。那麼，晚安了，勇敢一點。明天一早你兒子就可以和你一起用早餐了。」

「噢，但願如此。」

「好吧，別擔心，把一切都交給我辦吧。」

彼得斯太太這一夜沒睡好。睡著後，她做了可怕的噩夢。夢見綁匪全副武裝，開著裝甲車，朝穿著睡衣往山下跑的威拉德連連射擊。

值得欣慰的是，她醒過來了。第一抹曙光終於照了進來。彼得斯太太起床梳洗。她坐下來等待著。七點時傳來了敲門聲。她的嗓子乾澀，幾乎無法說話。

「進來。」她說。

門開了，湯姆森先生走進來。她盯著他，一時之間說不出話，一種不祥的感覺籠罩著她。但是當他開口說話時，她覺得那語氣聽起來真誠自然，而且聲音是溫和渾厚。

「早安，彼得斯太太。」他說。

「你怎麼敢，先生！你怎麼敢……」

「冒昧一大早來訪。」湯姆森先生說，「但是你知道，我有筆業務要處理。」

彼得斯太太帶著責問的眼神走上前。

「這麼說，的確是你綁架了我的兒子！根本沒有什麼綁匪！」

「當然沒有綁匪。這部分是最難以置信。至少，可以說這些人根本不懂藝術。」

彼得斯太太是個心思單純的女人。

「我的兒子在哪兒？」她問道，猶如憤怒的老虎一樣盯著他。

「事實上，」湯姆森先生說，「他就在門外。」

「威拉德！」

房門猛然被推開。戴著眼鏡的威拉德——蠟黃的臉上明顯長滿了鬍鬚——撲向他母親懷裡。湯姆森先生站在一旁慈祥地看著他們。

「不管怎樣，」彼得斯太太立刻恢復了神智，轉向湯姆森先生說，「我會為這件事控告你，沒錯，我會的。」

「你都搞錯了，媽媽，」威拉德說，「這位先生救了我。」

「你在哪兒？」

「在懸崖邊上的一棟房子裡，離這兒只有一英里的路。」

「彼得斯太太，請允許我，」湯姆森先生說，「歸還你的財物。」

他遞給她一個用紙巾鬆軟地包起來的小包裹。紙巾散開，露出那條鑽石項鍊。

「另外那一小袋鑽石你不用珍藏了，」湯姆森先生笑著說，「真正的鑽石還在這條項鍊上。麂皮袋裡裝的是人造假貨。正如你的朋友所說，亞里斯多普洛是個天才。」

「我真的搞不懂你在說什麼。」彼得斯太太迷惘地說。

「你必須從我的觀點來看這個案子。」湯姆森先生說，「是因為某人的名字才引起我的注意。恕我失禮，在外面跟蹤了你和你的胖子朋友，我偷聽了——我坦白承認——你們非常有趣的談話。我發現它很有啟發性，因此我找了經理請他幫忙，他記下你那位能言善道的朋友所打的電話號碼，昨天早上還安排餐廳一名侍者注意聽你們的對話。

「整個計畫天衣無縫，你成了兩個狡猾珠寶竊賊的受害者。他們知道你的鑽石項鍊。他們跟著你到了這兒，綁架了你的兒子，寫了那封滑稽的『綁架信』。他們設下了圈套，讓你信任計畫裡巧舌如簧的主角。

「然後呢，一切就簡單了。好心紳士把一袋假鑽石交給你，然後和他同伴逃之夭夭。到了今天早上，你的兒子遲遲不見蹤影，你必然會慌張。你那位朋友也失蹤了，這會讓你以為他也被綁架了。我猜他們已安排好某人明天去別墅，那人會發現你兒子。你們母子見面之後，你可能會對這個陰謀有所察覺，但那兩個惡棍早就不知去向了。」

「那現在呢？」

「哦，他們現在很安全地戴著鐐銬呢。我早就安排好了。」

「那個壞蛋！」彼得斯太太想起自己對他的信賴，憤恨地說，「油嘴滑舌的壞蛋！」

「壞到極點的傢伙。」湯姆森先生表示同意。

「我怎麼也想不通你怎麼會識破他，」威拉德崇敬地說，「你真是機智。」

對方搖搖頭表示不贊同。

「不，不，」他說，「當你自己被別人冒名頂替時……」

彼得斯太太瞪大了眼睛望著他。

「你是誰？」她忽然問道。

「我是帕克．潘先生。」這位紳士回答。

專文推薦

藏在日常細節中的冒險

楊照（作家）

一開始，就都在那裡了。

一九二〇年，阿嘉莎．克莉絲蒂出版了《史岱爾莊謀殺案》，神探白羅就已經退休了。而且在這個案子裡，藉由敘述者海斯汀的轉述，就鋪陳出克莉絲蒂小說最基本的偵探原則：

「那些看來或許無關緊要的小細節……它們才是重要的關鍵，它們才是偉大的線索！」

「豐富的想像力就像洪水一樣，既能載舟亦能覆舟，而且，最簡單直接的解釋，往往就是最可能的答案。」

「沒有任何謀殺行為是沒有動機的。」

還有，一個不討人喜歡的死者，一群各有理由不喜歡死者、因而也就都有殺人動機的人，這些人彼此之間構成複雜的關係，有的互相仇視，有的互相愛戀，麻煩的是，有些愛人其實貌合神離，有些仇人其實私下愛慕，更麻煩的是，不論是愛或是仇，都有可能是扮演出來的。

一個外來的偵探必須周旋在這些嫌疑者之間，從他們口中獲取對於案情的了解，換句話說，他必須在很短的時間內，搞清楚誰是誰、誰跟誰吵架、誰跟誰偷情，然後判斷誰說的哪一句是實話、哪一句是謊言。常常謊言比實話對於破案更有幫助。

再偷偷透露一下，如果要和小說裡的凶手及小說背後的作者鬥智，就像克莉絲蒂對英國社會的了解，祕訣就在於要去追究小說裡的人物背景，尤其是他們的階級地位。基本上，階級地位愈高、權力愈大、愈有錢者，說的話就愈不要相信。例如在《史岱爾莊謀殺案》中，僕人、園丁說的話遠比有頭有臉的人說的要可信多了。就算要說謊，他們的謊言也比較天真，而且往往出於善良動機。當你歸納線索時，就會知道他們並非故意說謊，那是因為他們的認知受到蒙蔽或誤導，而你慢慢就從這蒙蔽或誤導中被引導到真相。

《史岱爾莊謀殺案》出版那年，克莉絲蒂三十歲，但書稿其實早在五年前就寫好了，畢竟要找到有人願意出版一個看來再平凡不過的家庭主婦寫的小說，並不是那麼容易。

所有和克莉絲蒂接觸過的人，都對於她的「正常」留下深刻印象。她看起來就和她那個年紀的典型英國家庭主婦一樣，害羞、靦腆，只能在社交場合勉強跟人聊些瑣事話題，完全無法演講，甚至連只是站起來對眾賓客說幾句客套話，請大家一起舉杯，她都做不到。她不演講，也很少答應接受採訪，就算採訪到她也很難從她口中得到有趣的內容。她會講的，幾乎都是記者本來就知道、或者自己就可以想得出來的。

例如說白羅這個神探的來歷。克莉絲蒂回答：他應該是個外國人，這樣就能在英國日常生活中看出英國人自己看不出的線索。她自己碰過的外國人，只有第一次大戰剛爆發時到英國避難的比利時人。比利時警察怎麼能跑到英國來？那一定是因為他已經退休了。他有潔癖，所以對於現場會有特殊的直覺，馬上感受到不對勁的地方。一個有潔癖的人，好像應該長得矮小些才相稱，一個矮小有潔癖的人最適當的名字，就是希臘神話裡的大力士「赫丘勒斯（Hercules）」，製造出荒唐的對比趣味。那白羅這個姓是怎麼來的呢？克莉絲蒂很誠實地說：「我不記得了。」

一切都如此順理成章，一切都如此合邏輯，不是嗎？有記者問她怎麼看自己的舞台劇〈捕鼠器〉，創下了英國劇場、甚至全世界劇場連演最多場紀錄的名劇？克莉絲蒂的回答也還是中規中矩，合理合節：那是一齣小戲，在一個小劇院演出，成本很低，任何人想到了都可以帶家人或朋友去看，老少咸宜，並不恐怖，也不特別荒謬打鬧，可是又什麼都有一點，包括恐怖和荒謬打鬧的成分。

她的身上找不出一點傳奇、怪誕色彩，那她為什麼能在五十年間持續寫偵探小說，創造了那麼多謀殺，還創造了那麼多詭計？

首先因為她是女性，以及她的身世，包括她的階級身分，使得她在描寫故事場景時比一般男性作者來得敏感。因為在她之前的偵探推理小說男性作家的階級身分都是高高在上，基本上他們會從較高的角度看社會，比較看不到底層的感受。

而她的婚變以及婚變中遭逢的痛苦，都使她更能體會與觀察，將英國社會的複雜細節融入小說的核心情節，讓探案與線索分析結合在一起。

克莉絲蒂一生結過兩次婚，第一次在一九一四年，婚後不久，丈夫就參加了歐戰，是英國皇家空軍最早一批飛行員。一九二六年，這個丈夫有了外遇，直率地向克莉絲蒂要求離婚，在那之前，克莉絲蒂的媽媽才剛過世，雙重打擊之下，又遇到車子無法發動，克莉絲蒂崩潰了，她棄車而走，忘記了自己究竟是誰，躲進一家鄉間旅館，登記時寫了她心裡唯一有印象的名字—她丈夫情婦的名字。

離婚後，一次在晚宴中，有人提起近東烏爾考古的最新收穫，克莉絲蒂就取消了原定要去西印度群島的計畫，改訂了跨越歐洲到君士坦丁堡的「東方快車」，是的，就是這趟旅程給了她寫《東方快車謀殺案》的靈感。不過更重要的是，在烏爾，她認識了一位年輕的考古學家，比她小十四歲，這個人後來成了她的第二任丈夫。

這位考古學家陪她去參觀在沙漠中的烏克海迪爾城，卻在沙漠中迷路困陷了。幾小時中克莉絲蒂卻沒有一點驚慌不安，當下考古學家就決定要向她求婚。

原來，克莉絲蒂的內心是有這種冒險成分的。要不然她不會兩次選到的，都是喜愛冒險的丈夫，而她本身大概也不會吸引一個在各種危險情境下挖掘古代寶藏的人，讓他願意向一個大他十四歲的女人求婚。

這樣說吧，維多利亞時代後期的英國環境，壓抑限制了克莉絲蒂冒險、追求傳奇的內在衝動，她只好將這樣的衝動寄託在丈夫和寫作上。她一邊陪著第二任丈夫在近東漫走，一邊在小說中寫各式各樣的謀殺與探案。謀殺和探案都是冒險，還有，偵探偵查中做的事──蒐集線索，還原命案過程──其實和考古學家的考掘，如此相似！

克莉絲蒂寫得最好的，正是「藏在日常中的冒險」。她個性中的雙面成分，造就了特殊的偵探魅力。既嚮往非常傳奇，卻又有根深柢固的日常邏輯信念，兩者都在克莉絲蒂的小說中扮演了重要角色。她的謀殺案幾乎都和日常習慣緊密編織在一起，日常環境成了凶手最重要的掩護。有些日常規律明顯地被破壞了，讓我們很自然以為那會是謀殺的線索，沿著這些線索形成了閱讀中的推理猜測，然而白羅早就提醒了，真正重要的反而是那些「細節」，也就是看來像是依隨日常邏輯進行的事，或說藏在日常邏輯中因而不被看重的事，那裡要嘛藏著凶手的核心詭計、煙幕，要嘛藏著凶手致命的破綻。

凶案的構想，就是如何讓異常蓋上日常、正常的面貌，又如何故意將日常、正常予以扭曲，製造假象；那麼偵探要做的，就是如何準確地在日常中分辨出真正的異常，將假的、明顯的異常撥開來，找出細節堆疊起來的異常真相。

此外，克莉絲蒂的小說裡隱藏著極其曖昧的情感價值觀，最典型、最有名的就是《東方快車謀殺案》。透過追查過程，讓讀者知道為什麼凶手要訴諸於這種手段，其動機具有可同情之處，再加上克莉絲蒂對身分階級的觀察，她比較相信或讓讀者相信那些沒有權力、地位的人，隨著偵查節奏去認識可能或必須懷疑的人。克莉絲蒂最擅長營造「多重嫌疑犯」的小說特質，因為讀者在閱讀時必須被迫去認識很多不一樣的人。在她最受歡迎的作品，大概都具備這樣的特質。

當然，她的作品中還有兩個最突出的神探，即白羅和瑪波。白羅是比利時人，但為什麼必須是外國人？這是因為英國人具有高度階級意識，這種觀念一路滲透到所有互動細節，包括人與人之間如何說話。而白羅因為不是英國人，他會發現一般英國人不太看得出來的東西，以及兩個人互動的方法哪裡不正常。至於瑪波為什麼得是老太太？她一如那個年代的老人家，總是靜靜坐著打毛線，因為不起眼，自然讓人放鬆防備，所以瑪波探案的線索都是來自於這樣的互動模式。

然而，白羅有很明顯的優勢，瑪波的身分使她基本上只能進行「靜態」的辦案，案子的空間受到侷限，白羅卻可以跨越各種空間，恣意揮灑。而且白羅擁有警官身分，可以合理出現在各種犯罪現場，瑪波能出現的地方，相形之下就勉強、不自然多了。白羅是明白的outsider，在英國，只要他出現，就會覺得有外人在而感到緊張，於是很容易露出平常不會表現的行為；瑪波則看起來是 insider，但實質上是 outsider，因為總是沒人發現她、當她空氣人。這兩人的探案，是兩個極端。雖然讀者最愛白羅，但克莉絲蒂自己偏愛瑪波勝於白羅。

不管後來的偵探、推理小說發展了多少巧妙詭計，克莉絲蒂卻不會過時，因為她的推理如此密切地和日常纏繞在一起；活在日常中，我們就無可避免被克莉絲蒂的「日常細節推理」吸引，隨時讀來都充滿驚奇趣味。

名家盛讚克莉絲蒂（依推薦時間排序）

金庸（作家）

克莉絲蒂的寫作功力一流，內容寫實，邏輯性順暢，也很會運用語言的趣味。閱讀她的小說，在謎底沒有揭露之前，我會與作者鬥智，這種過程非常令人享受。其作品的高明之處在於：布局的巧妙完全意想不到，而謎底揭穿時又十分合理，讓人不得不信服。

詹宏志（作家、PChome 網路家庭董事長）

推理小說在從先輩柯南．道爾等人的發明中出現力量時，誕生了一位《天方夜譚》故事中每天說故事說個不停的王妃薛斐拉．柴德，也就是「謀殺天后」克莉絲蒂，整個世界對聽這些故事才有如此的熱情。他們捨不得睡覺，每天問後來還有嗎、還有嗎，永遠不肯離去，這就是克莉絲蒂對推理小說的最大貢獻。

可樂王（藝術家）

所謂「克莉絲蒂式」的推理小說，就是一場和一個天才的寫作者或高明的恐怖份子在紙上捕掠捉殺的戰事。即便是一列火車、一處飯店或一間酒吧，在克莉絲蒂寫來皆充滿神祕和猜謎。在人生適合的下午裡，我總是一面嚼著口香糖，一面跟著矮子偵探白羅穿梭謀殺現場，克莉絲蒂的推理作品無疑是推理世界中最充滿「魔術性」的小說。

吳若權（作家、節目主持人）

我從小就對推理小說情有獨鍾，克莉絲蒂一系列的作品尤其令我愛不釋手。多年來，閱讀推理小說的經驗讓我覺悟：讀者在文字情節中推展開來的驚嘆，不只是因緣於故事的本身，而是自我性格的投射。從這個觀點來看克莉絲蒂一系列的作品，她簡直就是洞徹人性的算命師。而讀者，在她的文字中，發現了自己無可奉告的命運。

藍祖蔚（國家電影及視聽文化中心董事長）

做過藥劑師，難免懂得毒藥；嫁給考古學家，難免也就嫻熟文明的神祕；再加上曾經失蹤九天，一切不復記憶的離奇經驗，的確提供了寫作靈感，但若少了想像力，那些片羽靈光縱使辛辣如辣椒，卻不足以成菜。

推理小說重布局、重人物描寫，克莉絲蒂最厲害的卻是犀利的人性觀察，她一手創造的白羅探長，潔癖個性完全和她相反，更將她所憎厭的人格特質集於一身，殊不知，唯有不對著鏡子寫作，才能夠跳出框架與制式反應，開闢無限寬廣的新世界，建構多面向的詭異迷宮。

看完她的小說，你只會更加訝異，到底是什麼樣的心靈才能成就這般視野？

李家同（作家、前暨南大學校長）

克莉絲蒂的整體布局十分細膩，最後案情也都講解得非常詳細，回頭去看，在書中都找得到線索。故事的情節與內容也很好看，不是像一個流氓在街上被殺掉那麼單調。……看小說應該要花腦筋、要思考，從小就要養成思辨的能力，看她的小說，就是對邏輯思考能力極佳的訓練。

袁瓊瓊（作家）

雖然被公認是冷靜理性的謀殺天后，但是在理性之下，克莉絲蒂的底色依舊是感情。克莉絲蒂很明白，所有的慾望之後，都無非是某種愛情。在以性命相搏的犯罪世界裡，凶手以終結他人的性命來遂私欲，不過是為了成全自己的愛，或者是成全自己的恨。

鄧惠文（精神科醫師）

以推理小說作家而言，克莉絲蒂的風格相當獨樹一格。她的偵探在辦案時，靠的不光是科學證據的搜集，而是大量運用犯罪心理學，及對人性的深刻了解。例如在《五隻小豬之歌》中，白羅便是藉由聽取嫌疑犯訴說案情時所不自覺顯露的主觀意識及中心思想，而看出其中破綻，找出真凶。白羅是靠腦袋辦案，以心理層面去剖析案情，即使人們敘述的是同一件事，他可以聽出不同角色因出發點及看待角度不同所透露的情緒觀感，從而抽絲剝繭，還原事實真相。

克莉絲蒂所塑造的人物也生動且各具特色，不同個性所出現的情緒反應描寫，皆細膩而準確，讓讀者產生豐富的想像空間，一展卷便欲罷而不能。

吳曉樂（作家）

克莉絲蒂使用的語言平易近人，主要是以角色與情節的對應來斧鑿出故事的深度，堆疊出讓讀者回味的迂迴空間。而她筆下的角色往往性別、階級、性格、族群各異，塑造出多元又豐富的人物群像。

文學作品不問類型，若要流傳於世，最終仍得上溯至「人性」的理解與反思。而阿嘉莎・克莉絲蒂的作品中，我們可以看到人類屢屢得和自己的人生討價還價，或千方百計讓主觀意識與客觀條件達成某種程度的整合，讀者在重建人物的心理軌跡時，也見識到自身的是非成敗，我認為，這也是克莉絲蒂的作品能夠璀璨經年、暢銷不衰的主因。

許皓宜（心理學作家）

克莉絲蒂筆下的故事看似在談人性的醜惡，實則像一位披著小說家靈魂的心靈引導者，用她的文字訴說著人們得不到「愛」時的痛苦。於是在故事終了的剎那，你不得不對人生多了幾分「看透感」：原來，我們心裡的那些痛苦、報復與自我折磨的慾望，不是因為「憤恨」，而是起於對「愛的失落」。這或許是我們在情感世界中最珍貴且深刻的一種覺察了。

推理小說荒謬驚悚嗎？不，它其實很寫實。它幫我們說出心裡的苦、怨、醜陋的慾望，於是，我們可以重新學習愛了。

一頁華爾滋 Kristin（影評人）

從有記憶以來，閱讀克莉絲蒂最迷人之處往往不在真正的凶手是誰，而是在於「Why」（為什麼）與「How」（如何進行），在於人性與心理描摹的故事肌理。依循其書寫脈絡，會發覺不只是邏輯清晰、布局縝密、著重細節，她總能完美掌握敘事節奏，書中人物彷彿真實存在般鮮明躍然紙上，讀者情緒會隨精準文字保持流轉、跳動、收放，掩卷時並無太多真相水落石出的暢快，反倒淡淡的惆悵化為餘韻襲上心頭，原來還是種種意料之外，卻屬情理之中的人性盲目使然。私以為，那成就了克莉絲蒂的推理故事之所以無比迷人的主因之一。

冬陽（推理評論人）

雖然阿嘉莎・克莉絲蒂的作品並非我的推理閱讀啟蒙，卻是養成閱讀不輟的重要推手。首先，她無庸置疑是個說故事能手，打開我名為好奇的開關；其次是設計犯罪事件的巧妙多元，既日常又異常，凶手更是叫人意想不到。沒錯，我相信每個當讀者的都忍不住想破案，想早偵探一步識破詭計，或者像考試結束鈴響前一秒，瞎猜都要指著某個角色大喊「你就是犯人」！然後會忍不住作弊——不是翻到最後幾頁窺探真凶身分，而是往前翻查讓人起疑的段落、偵探顯然掌握重要線索的時刻，直到忍不住豎白旗投降，看神探（我知道啦，真正把我耍得團團轉的聰明人是作者）頭頭是道地分析我遺漏錯置的片片拼圖，終於看清真相全貌。這，就是偵探推理，我因此熟悉遊戲規則、沉醉在每一場迷人故事裡，成為這個類型書寫的俘虜，享受至今不疲的美好滋味。

石芳瑜（作家、永樂座書店店主）

布局細膩、處處留下線索，破案解說詳細，說明了這位安靜、害羞的推理小說女王心思縝密，且充滿想像力。密室殺人，完美犯罪，《東方快車謀殺案》不愧為古典推理小說的經典。再加上神祕的東方色彩，隨著火車抵達的迫切時間感，連非推理小說迷都會神經拉緊，讀完大呼過癮。

家庭主婦缺少人生經驗？處女座的阿嘉莎．克莉絲蒂充分展現她過人的寫作天分，靠得是從小開始的閱讀，以及對偵探小說的著迷。三十歲寫下第一本偵探小說《史岱爾莊謀殺案》的克莉絲蒂，在那個時代並不能說是「早慧」，但寫作生涯五十五年中，共創作了八十部偵探小說，卻令人難以企及。這位害羞靦腆的小說女神，大概是相信只要有足夠的理由，每個人都有殺人的可能！

余小芳（暨南大學推理研究社指導老師、台灣推理作家協會常務理事）

學生時代加入推理社團，社課指定讀物便是經典作品《一個都不留》，成為我對克莉絲蒂的初步印象，自此沉浸於推理小說的世界。隔年寒假陪同學參與轉學考，在斜風細雨的走廊中，滿足讀完《東方快車謀殺案》。隨著歲月遠走，已昇華成趣味回憶。

踏入推理文學領域需要認識的作家，阿嘉莎．克莉絲蒂絕對名列其中，她的作品常有英國小鎮風光、莊園式的謀殺、設備豪華的交通工具等，還有特色鮮明的偵探活躍其中。書中少有血腥、暴力的橋段，布局巧妙且結構嚴密，手法純粹、知性，故事內容與人物性格融為一體，以高超的想像力結合說好故事的能耐，為推理小說開創新局面。克莉絲蒂推理全集重編改版，值得新舊讀者一起探索。

林怡辰（國小教師、教育部閱讀推手）

多年後，還是難忘第一次閱讀阿嘉莎．克莉絲蒂作品的感動和激動。這套將近一世紀的作品，文筆流暢，邏輯縝密，過程中不斷與作者較量、猜出凶手，直到最後解答不禁佩服，蛛絲馬跡處處展現作者的精妙手法，於是又拿起另一部作品，再次沉溺在謀殺天后所編織的日常世界中的奇幻，無可自拔。犯罪動機和手法穿越時空限制，如今讀來合理且依舊令人感動，閱讀中趣味橫生，難怪成為後來諸多偵探小說的原型。

克莉絲蒂創作生涯中產出的八十部推理作品，至今多部躍上大銀幕，無怪乎被稱之為「經典」，喜愛推理偵探作品的人不可不讀，你會驚異於她在文字中施展的魔法！

張東君（推理評論家、科普作家）

我愛克莉絲蒂！這位在台灣有時會被稱為克奶奶的超級暢銷推理小說家，即使是自認沒讀過她的書的人，也都會在各種書籍或影視作品中看到對她致敬的片段。由於她喜歡旅行和冒險，那些經驗與體驗都成為書中的場景，因此閱讀她的作品時，不只是雀躍地跟著偵探推理，也有了虛擬的旅行體驗。或者當成旅遊導覽書，在出發去尼羅河、去英國鄉間、去搭船搭火車時，就塞一本克奶奶的作品到隨身背包中。

我還是大學新生時，就聽學姐說她哥哥經常看克奶奶的小說，而且邊看邊狂笑。於是我跟著效仿，在某次搭飛機之前買了第一本小說當旅伴，不只看得超開心，看完後還到處找尋書中出現的那種有兜帽的斗篷，當成出門時的必備用品。克奶奶的作品是跨越文字、國界的。只要看過一本，就會不停地追下去。還好，真的是還好只有八十本。何況這次是全新校訂的紀念珍藏版，當然不能錯過！

發光小魚（呂湘瑜）（文史作家、助理教授）

一部好的偵探小說，除了情節設計巧妙之外，還需要洞悉人性，如此方能合理地交代人物的言行舉止與動機。阿嘉莎．克莉絲蒂便是其中翹楚，她的作品不管是偵探、愛情小說或戲劇，必要元素都是謎題與人性。在寧靜無波的場景下暗潮洶湧，永遠都有意料之外，讀者的情緒也會隨著劇情的進行起伏糾結。克莉絲蒂觀察到時代的變化，將犯罪心理融入作品中，於是，看她的小說不只能得到解謎的快樂，同時對人性也能夠有所省思。

此外，克莉絲蒂豐富的人生歷練及旅行經歷，例如一九二二年的環球之旅、居住過也旅行過的巴黎和埃及，甚至是追隨考古學家丈夫前往的中東，都讓她的小說讀來更加充滿異國情調。如果你也愛旅行，不如就讓我們一同搭上那一班南法的藍色列車，或由伊斯坦堡出發的東方快車，跟著白羅鑽進一樁奇案，一嘗旅程中破解謎題的快感吧。

盧郁佳（作家）

國小時，家裡買了一套阿嘉莎．克莉絲蒂全集，從此成了我的毒品，在白癡課本將我的腦袋啃噬成海綿般空洞時，撫慰受創的心靈，那時我仍對人心險惡一無所知。

數學課教你列算式，樂趣遠不如克莉絲蒂教你住宅平面圖、偷換時序的密室魔術，你從庭園長窗進房間，我從房門直通鄰房，他從走廊進房……從而學會故事是建構邏輯。她文風多變，時而《四大天王》中讓神探白羅向助手海斯汀大賣關子，眉頭緊皺，山雨欲來，預示天翻地覆，只能靠他拯救世界；時而用維吉尼亞．吳爾芙《自己的房間》中俏皮的語言，讓貧苦村姑安妮在《褐衣男子》中回憶南非出生入死的冒險，竟源於她耽讀村裡圖書館爛舊的冒險愛情小說，還有戲院每週末放映〈帕米拉歷險記〉，帕米拉每集從飛機跳落高空、搭潛艇、爬上摩天大樓，每次被黑幫老大抓到總不一刀斃命，卻老要用瓦斯毒死她，暗示續集又會逃出生天。

長大才發現，克莉絲蒂小說就是我的〈帕米拉歷險記〉：它以歌劇般輝煌龐大的天真陰謀、精細的人際觀察（一句話重音放在哪個字、從膝蓋鑑定女人的年齡等），召喚年輕讀者抱持浪漫精神投入未知的壯遊，瘋魔、衝撞、冒犯，傷痕累累毫無懼色。正如瓦斯在冒險片中太多、現實中卻太少；陰謀在現實中沒有克莉絲蒂寫得那麼複雜，但她刻畫的心理卻是現實中解謎的試金石。

賴以威（臺灣師範大學電機系副教授）

或許可以為經典下幾個定義：該領域的愛好者更都讀過；不是這個領域的愛好者，許多人也都聽過；影響後續的作品，在很多著作中都可以看到它的影子；值得反覆再三閱讀，每隔一陣子再讀都可以獲得閱讀的樂趣，有更多的體悟。我永遠記得第一次讀《東方快車謀殺案》時，被那宛如嚴謹設計數學謎題的鋪陳、推進給深深吸引、震撼。從這幾個角度來說，克莉絲蒂的推理小說被稱之為「經典」，可說是當之無愧。

謝哲青（作家、旅行家、知名節目主持人）

克莉絲蒂小說的魅力在於透過每個角色的對白，藉由不斷的說話來表現人物的個性，以彰顯其人格特質中一些無法被忽略的事實。我們從他們的言語、講話的過程和字裡行間，竟然就能知道誰是凶手。

我從克莉絲蒂的小說學到很多，除了推理小說有趣的事實之外，最重要的是，我在工作的職場跟人應對的時候，如何從語言和對話裡去捕捉某些隱而不顯的事實。許多人們欲蓋彌彰的東西，無論心事也好、祕密也好，克莉絲蒂都會用文學的手法，讓你理解語言的奧妙和魅力。

克莉絲蒂的書寫會讓你覺得彷彿自己也在現場，你可以從聽到的對話當中，學會如何理解人心的一些小技巧，這是小說家最出色、最偉大的地方。我們必須學習傾聽別人說話——這些人講話是真誠的嗎？他想要跟你分享什麼資訊？這些資訊可靠嗎？——這是我在閱讀推理小說時，最大的收穫和理解。

阿嘉莎·克莉絲蒂大事記

1890		• 九月十五日出生於英格蘭德文郡托基鎮。
1894	4 歲	• 開始在家自學，父母親、姐姐教導閱讀、寫作、算術和彈鋼琴。
1895	5 歲	• 家中經濟走下坡，舉家搬至法國，學會流利的法語。
1905	15 歲	• 在巴黎寄宿學校學鋼琴和聲樂，但生性極度害羞，未成為職業鋼琴家，最終回到英國。
1907	17 歲	• 陪同母親前往埃及調養身體，對社交活動充滿興趣，但尚未對日後感興趣的埃及古物點燃熱情。 • 回英國後繼續寫作、參與業餘戲劇表演。
1908	18 歲	• 寫出第一篇短篇小說〈麗人之屋〉，同時也寫出第一部愛情小說《白雪黃漠》，以筆名向出版社投稿，但屢遭退稿。
1912	22 歲	• 與英國皇家軍官亞契·克莉絲蒂（Archibald Christie）熱戀。 • 八月爆發第一次世界大戰，亞契奉派到法國作戰。
1914	24 歲	• 耶誕夜結婚，亞契隨即返回戰場。克莉絲蒂參與紅十字會工作，在醫院擔任護士和藥劑師，因此對藥理和毒物非常熟悉，造就後來多部推理小說情節都以毒藥殺人。
1916	26 歲	• 開始嘗試寫推理小說，寫出第一部小說《史岱爾莊謀殺案》，主角偵探赫丘勒·白羅的靈感，來自於大戰期間英國鄉間的比利時難民營。本書歷經數家出版社退稿後，終獲柏德雷·海德（The Bodley Head）圖書公司的出版機會，之後並簽下另五本小說的合約。
1919	29 歲	• 前一年亞契返回英國，八月生下女兒露莎琳。

1920 30歲 • 出版《史岱爾莊謀殺案》。

1922 32歲 • 出版第二部小說《隱身魔鬼》，主角是夫妻檔偵探湯米和陶品絲。
• 與亞契至南非、澳洲、紐西蘭、夏威夷和加拿大等國旅行十個月，在南非得到《褐衣男子》的靈感。

1923 33歲 • 三月出版第三部小說《高爾夫球場命案》，白羅再度登場。

1926 36歲 • 四月母親過世，克莉絲蒂陷入憂鬱。
• 六月在「威廉·柯林斯父子出版社」出版《羅傑艾克洛命案》。
• 八月亞契因外遇提出離婚，十二月初一次爭吵後，克莉絲蒂離家棄車失蹤，消息登上全國新聞。

1927 37歲 • 一月在悲痛心情中寫出《藍色列車之謎》，第一次創造出聖瑪莉米德村，即後來瑪波小姐居住的村子。
• 分居期間在雜誌刊登以白羅為主角的短篇小說，後來集結出版《四大天王》。
• 十二月在雜誌刊登短篇小說〈週二夜間俱樂部〉，瑪波小姐初登場，後來收錄在一九三二年出版的短篇小說集《十三個難題》。

1928 38歲 • 十月正式離婚，仍保留「克莉絲蒂」姓氏。
• 秋天搭乘「東方快車」前往土耳其的伊斯坦堡，再轉往伊拉克首都巴格達，參觀考古現場烏爾，認識考古學家伍利夫婦（Leonard and Katharine Woolley）。

1930 40歲 • 二月應伍利夫婦之邀再訪烏爾，認識考古學家麥克斯·馬龍（Max Mallowan），九月於英國愛丁堡結婚。這段婚姻開啟克莉絲蒂旺盛的創作生涯，兩人到中東考古現場的旅行為許多作品帶來靈感。

- 婚後克莉絲蒂開始維持固定的寫作行程。十月出版《牧師公館謀殺案》，是第一部以瑪波小姐為主角的小說。
- 出版第一部以「瑪麗．魏斯麥珂特」（Mary Westmacott）為筆名的《撒旦的情歌》，並陸續發表了五部非犯罪小說。

1932　42 歲
- 出版《危機四伏》。

1934　44 歲
- 出版《東方快車謀殺案》，是白羅海外辦案三部曲之一，故事靈感來自中東的旅行經歷。一九七四年第一次改編成電影大獲好評。

1936　46 歲
- 出版《美索不達米亞驚魂》，白羅海外辦案三部曲之二。

1937　47 歲
- 出版《尼羅河謀殺案》，白羅海外辦案三部曲之三，故事背景是年輕時與母親同遊的埃及。一九七八年第一次改編成電影大受歡迎。

1939　49 歲
- 二次大戰期間，克莉絲蒂在大學學院醫院擔任義務藥師，學習到最新的毒藥知識，對於推理小說寫作大有助益。
- 出版《一個都不留》，是克莉絲蒂最著名作品之一。

1941　51 歲
- 出版《密碼》，呈現出克莉絲蒂對戰爭的看法。
- 出版《豔陽下的謀殺案》。

1942　52 歲
- 出版《藏書室的陌生人》、《五隻小豬之歌》等名作。

1944　54 歲
- 以「瑪麗．魏斯麥珂特」為筆名出版第三部作品《幸福假面》，被美國書評人發現是克莉絲蒂的作品，讓她從此失去匿名創作的自在樂趣。

1950	60歲	• 獲選為皇家文學學會的會員。
1953	63歲	• 出版《葬禮變奏曲》。
1956	66歲	• 一月獲頒大英帝國爵級大十字勳章（GBE）。 • 十一月以「瑪麗．魏斯麥珂特」為筆名出版《愛的重量》，是這個筆名的最後一部作品。
1958	68歲	• 成為「偵探作家俱樂部」主席。
1960	70歲	• 馬龍獲頒大英帝國爵級大十字勳章。
1961	71歲	• 獲得艾克塞特大學頒發榮譽文學博士學位。
1968	78歲	• 馬龍獲封為爵士，克莉絲蒂亦被稱為馬龍爵士夫人。
1971	81歲	• 獲頒大英帝國爵級司令勳章（DBE），獲封為女爵士。
1973	83歲	• 出版最後一部創作《死亡暗道》，亦為湯米和陶品絲最後一次辦案。
1974	84歲	• 最後一次公開露面，出席電影《東方快車謀殺案》首映會。
1975	85歲	• 八月六日，白羅成為有史以來第一次在《紐約時報》頭版刊出訃聞的小說主角，宣傳九月即將出版的《謝幕》，這也是白羅最後一次辦案。
1976	86歲	• 一月十二日去世。 • 十月出版《死亡不長眠》，瑪波小姐的最後一次辦案。

克莉絲蒂推理原著出版年表

1920　史岱爾莊謀殺案 The Mysterious Affair at Styles（神探白羅系列）
1922　隱身魔鬼 The Secret Adversary（神探湯米＆陶品絲系列）
1923　高爾夫球場命案 The Murder on the Links（神探白羅系列）
1924　白羅出擊 Poirot Investigates（神探白羅系列）
1924　褐衣男子 The Man in the Brown Suit（神探雷斯上校系列）
1925　煙囪的祕密 The Secret of Chimneys（神探巴鬥主任系列）
1926　羅傑艾克洛命案 The Murder of Roger Ackroyd（神探白羅系列）
1927　四大天王 The Big Four（神探白羅系列）
1928　藍色列車之謎 The Mystery of the Blue Train（神探白羅系列）
1929　七鐘面 The Seven Dials Mystery（神探巴鬥主任系列）
1929　鴛鴦神探 Partners in Crime（神探湯米＆陶品絲系列）
1930　牧師公館謀殺案 The Murder at the Vicarage（神探瑪波系列）
1930　謎樣的鬼豔先生 The Mysterious Mr. Quin（神探鬼豔先生系列）
1931　西塔佛祕案 The Sittaford Mystery
1932　十三個難題 The Thirteen Problems（神探瑪波系列）
1932　危機四伏 Peril at End House（神探白羅系列）
1933　十三人的晚宴 Lord Edgware Dies（神探白羅系列）
1933　死亡之犬 The Hound of Death
1934　三幕悲劇 Three Act Tragedy（神探白羅系列）
1934　李斯特岱奇案 The Listerdale Mystery
1934　帕克潘調查簿 Parker Pyne Investigates（神探帕克潘系列）
1934　東方快車謀殺案 Murder on the Orient Express（神探白羅系列）
1934　為什麼不找伊文斯？ Why Didn't They Ask Evans?
1935　謀殺在雲端 Death in the Clouds（神探白羅系列）
1936　ABC 謀殺案 The A.B.C. Murders（神探白羅系列）
1936　底牌 Cards on the Table（神探白羅系列）
1936　美索不達米亞驚魂 Murder in Mesopotamia（神探白羅系列）

1937 巴石立花園街謀殺案 Murder in the Mews（神探白羅系列）
1937 尼羅河謀殺案 Death on the Nile（神探白羅系列）
1937 死無對證 Dumb Witness（神探白羅系列）
1938 白羅的聖誕假期 Hercule Poirot's Christmas（神探白羅系列）
1938 死亡約會 Appointment with Death（神探白羅系列）
1939 一個都不留 And Then There Were None
1939 殺人不難 Murder Is Easy（神探巴鬥主任系列）
1940 一，二，縫好鞋釦 One, Two, Buckle My Shoe（神探白羅系列）
1940 絲柏的哀歌 Sad Cypress（神探白羅系列）
1941 密碼 N Or M?（神探湯米＆陶品絲系列）
1941 豔陽下的謀殺案 Evil Under the Sun（神探白羅系列）
1942 五隻小豬之歌 Five Little Pigs（神探白羅系列）
1942 藏書室的陌生人 The Body in the Library（神探瑪波系列）
1942 幕後黑手 The Moving Finger（神探瑪波系列）
1944 本末倒置 Towards Zero（神探巴鬥主任系列）
1944 死亡終有時 Death Comes as the End
1945 魂縈舊恨 Sparkling Cyanide（神探雷斯上校系列）
1946 池邊的幻影 The Hollow（神探白羅系列）
1947 赫丘勒的十二道任務 The Labours of Hercules（神探白羅系列）
1948 順水推舟 Taken at the Flood（神探白羅系列）
1949 畸屋 Crooked House
1950 謀殺啟事 A Murder Is Announced（神探瑪波系列）
1951 巴格達風雲 They Came to Baghdad
1952 殺手魔術 They Do It with Mirrors（神探瑪波系列）
1952 麥金堤太太之死 Mrs. McGinty's Dead（神探白羅系列）
1953 黑麥滿口袋 A Pocket Full of Rye（神探瑪波系列）
1953 葬禮變奏曲 After the Funeral（神探白羅系列）

1954　未知的旅途 Destination Unknown
1955　國際學舍謀殺案 Hickory, Dickory, Dock（神探白羅系列）
1956　弄假成真 Dead Man's Folly（神探白羅系列）
1957　殺人一瞬間 4:50 from Paddington（神探瑪波系列）
1958　無辜者的試煉 Ordeal by Innocence
1959　鴿群裡的貓 Cat Among the Pigeons（神探白羅系列）
1960　哪個聖誕布丁？ The Adventure of the Christmas Pudding（神探白羅系列）
1961　白馬酒館 The Pale Horse
1962　破鏡謀殺案 The Mirror Crack'd from Side to Side（神探瑪波系列）
1963　怪鐘 The Clocks（神探白羅系列）
1964　加勒比海疑雲 A Caribbean Mystery（神探瑪波系列）
1965　柏翠門旅館 At Bertram's Hotel（神探瑪波系列）
1966　第三個單身女郎 Third Girl（神探白羅系列）
1967　無盡的夜 Endless Night
1968　顫刺的預兆 By the Pricking of My Thumbs（神探湯米＆陶品絲系列）
1969　萬聖節派對 Hallowe'en Party（神探白羅系列）
1970　法蘭克福機場怪客 Passenger to Frankfurt
1971　復仇女神 Nemesis（神探瑪波系列）
1972　問大象去吧 Elephants Can Remember（神探白羅系列）
1973　死亡暗道 Postern of Fate（神探湯米＆陶品絲系列）
1974　白羅的初期探案 Poirot's Early Cases（神探白羅系列）
1975　謝幕 Curtain: Hercule Poirot's Last Case（神探白羅系列）
1976　死亡不長眠 Sleeping Murder（神探瑪波系列）
1979　瑪波小姐的完結篇 Miss Marple's Final Cases（神探瑪波系列）
1991　情牽波倫沙 Problem at Pollensa Bay
1997　殘光夜影 While the Light Lasts

國家圖書館出版品預行編目（CIP）資料

帕克潘調查簿 / 阿嘉莎．克莉絲蒂（Agatha Christie）
著；張正譯. -- 二版.-- 臺北市：遠流出版事業股份
有限公司, 2024.10
面；　公分. -- (克莉絲蒂繁體中文版20週年紀念
珍藏；67)
譯自：Parker Pyne Investigates
ISBN 978-626-361-891-6(平裝)

873.57　　113012891

克莉絲蒂繁體中文版 20 週年紀念珍藏 67

帕克潘調查簿

作者 / 阿嘉莎．克莉絲蒂
譯者 / 張正

主編 / 陳懿文、余式恕　校對 / 呂佳眞
封面、內頁設計 / 謝佳穎　排版 / 連紫吟、曹任華
行銷企劃 / 舒意雯　出版一部總編輯暨總監 / 王明雪

發行人 / 王榮文
出版發行 / 遠流出版事業股份有限公司
地址 / 104005臺北市中山北路一段11號13樓
電話 / (02)2571-0297　傳眞 / (02)2571-0197　郵撥 / 0189456-1
著作權顧問 / 蕭雄淋律師

2003年12月1日 初版一刷
2024年10月1日 二版一刷
定價 / 新臺幣380元 (缺頁或破損的書，請寄回更換)

ISBN 978-626-361-891-6

遠流博識網 http://www.ylib.com　E-mail: ylib@ylib.com
遠流粉絲團 https://www.facebook.com/ylibfans

www.agathachristie.com